阳光文库

湖底的河流

彭家河 —— 著

黄河出版传媒集团
阳光出版社

图书在版编目（CIP）数据

湖底的河流 / 彭家河著. −− 银川：阳光出版社，
2019.11
（阳光文库）
ISBN 978-7-5525-5084-9

Ⅰ.①湖… Ⅱ.①彭… Ⅲ.①散文集−中国−当代
Ⅳ.①I267

中国版本图书馆CIP数据核字(2019)第249879号

湖底的河流

彭家河 著

责任编辑　申　佳　林　薇
封面设计　晨　皓
责任印制　岳建宁

黄河出版传媒集团
阳 光 出 版 社　出版发行

出 版 人　薛文斌
地　　址　宁夏银川市北京东路139号出版大厦（750001）
网　　址　http://www.ygchbs.com
网上书店　http://shop129132959.taobao.com
电子信箱　yangguangchubanshe@163.com
邮购电话　0951-5014139
经　　销　全国新华书店
印刷装订　宁夏凤鸣彩印广告有限公司
印刷委托书号　（宁）0015573

开　　本　720mm×980mm　1/16
印　　张　13
字　　数　150千字
版　　次　2019年11月第1版
印　　次　2019年1月第1次印刷
书　　号　ISBN 978-7-5525-5084-9
定　　价　36.00元

目录/CONTENTS

第三辑 · 瓦屋修辞

第四辑 · 何处是故乡

（带★篇目为朗读篇目）

第一辑

一棵树的世界观

雨开花

雪是来自天堂的花，是盛开的雨。落雪的大地是等待春风翻开的白皮书。

入冬后，从岷山刮过来的风干燥冰冷，打在脸上生疼，风中仿佛带着雪的消息。川北乡下的人都把这种风叫雪风，是雪来之前的通风报信。但是成都平原的季节变换与川北山区不一样。成都平原的西北边是一排连绵起伏的山峦，在明净的日子里可以看到终年积雪的山巅，宛如晶莹的王冠在蓝天下熠熠生辉。成都平原一入秋，风向就变，雪的消息不到个把小时就会传到大街小巷、家家户户。特别是冷，成都平原是说到就到。上午还是好端端的暖阳晴空，难得蜀犬吠日一回，一转眼，雪风就到了，说入冬就入冬了。我到成都之后，给孩子添减衣服最为麻利，成都的气温说变就变，风寒却从来不会预告，我因此成为一个对穿衣戴帽、食宿住行十分留意的男人。川北却不一样，川北山区，层峦叠嶂，从北方过来的风，好不容易越过秦岭，一路还得突破犬牙交错的大小山脉，等到了我们村子，寒风已变成强弩之末，气如游丝。川北的冷和热，虽然一时半会儿来不了，但也一时半会儿走不掉。热会热得更加持久，冷会冷得日益深沉，所以衣服也不用换那么快、那么勤。成都平原的雪风虽然来得早来得快，但雪却来得晚，甚至十年八年不来。川北老家村子的雪风虽然来得晚，但是守信，雪风一过，雪跟着脚就来了。

乡下人对雪的脾气也摸得透。如果是上午开始飞雪，老农们都会摇摇头说："这雪估计要下黄。"早上飘的几片雪，在瓦片上经不起中午炊烟的烘烤，早早地就变成水一滴一滴从房檐上落下来。更多时候，全家人在灶屋里围着火堆吃午饭时，不知谁喊一声"下雪了"，全村人都会端着碗跑到门外，看洁白的雪花在半空中随风飞舞，山水间密密麻麻、铺天盖地，如同千军万马一路浩荡奔袭。老农们看这阵势，都说这雪晚上就会乍起，明天就好看了。

去年我到南京，特意寻访雨花台，得知高僧云光法师当年在此设坛讲经，感动上苍，落花如雨，此地遂命名为雨花台。在秋日的午后登临古雨花台，木末风高，万物萧瑟，金陵风物尽收眼底，楼台烟雨的胜景早已不在。独自在这座让人沉重的山间行走，细细品味雨花，是雨，是花，还是花如雨、雨如花？我查阅了一些资料，没人细说云光法师是什么季节在金陵城南的山冈讲法，当日盛况如何，更没有具体描述乱坠的天花是何色何形何味，总之是天花乱坠、盛况空前。出家人不打诳语。我想，这事应该不会是空穴来风或者无中生有。那雨花是何种花呢？回蓉后一直思忖此事，不甚了了。想不到元旦前夕，蜀中普降大雪，成都平原虽然星星点点，但漫天飞雪，全然天花乱坠。我豁然开朗，雪不就是天上散落的花吗？雪不就是雨的花吗？南京雨花台的得名何尝不是云光法师冬日说法而遇天降瑞雪的永久缅怀呢？雨花台难道不可以理解为赏雪台吗？

在乡下，到了夜里，只听得沙沙声不歇。天亮一开门，一片雪亮扑面而来，雪终于乍起来了。瓦顶、菜地、麦田、山坡全都被白雪包裹起来，天地万物蓬松饱满、晶莹剔透。原来，人们营造的童话世界、浪漫天堂就是雪后的村庄。我很少乘坐飞机，在仅有的几次旅途中，提心吊胆观察窗外的万米高空，天堂的琼楼玉宇虽没有见到，却发现机翼下的云层一片白雪皑皑，有山峰，有沟壑，有原野，仿佛大雪后的人间，静谧安宁。如果人能云中漫步或者腾云驾雾，估计都会走出机舱，去天堂行走。我想，那感觉与雪地行走差不多。古人虽然没有机会乘飞行器到平流层以上一览天上的世界，但古人的想象怎么与我们看到的实际如此相似呢？莫非尘世的凡人都是从天堂落入民间，经受人世的洗礼？每逢草木荣枯，天堂的花朵都要从空中撒落，在人间重现天堂的模样，或许是让世人在凡尘不要忘记天堂的纯洁和美好，不要忽视星空和未来。

雪的到来，对人世是一次洗心革面的盛会，对草木虫豸是一次生死攸关的考验。红尘滚滚，尘埃飞扬，终有大雪涤荡天地澄明，世上疮痍、人间疾苦，也会有雪沃寒凝生发春华。好雨知时节，开作满天花。如果把人的一生当成一年来过，我们会发现，最寒冷的季节其实也是最美丽的季节，风雨人生，终会雪兆丰年。

一篇读罢头飞雪，我辈皆是追梦人。春风化雨，好雨成雪。雪是雨开的花，仿佛在给春铺展新的画卷，等待着人们去书写。

瓦下听风

瓦是乡村的外衣。

当我再次提起瓦的时候，已远在他乡。多年没有回老家那个小山村，想起故乡，眼前还是当年离开时的景象。绿水青山不见苍老，而我却早生华发。

在川北延绵而舒缓的群山中，村落就像灌木丛，一簇一簇地分布其间。远远望去，几间灰白的墙壁和青黑的瓦顶在墨绿的草木间若隐若现，仿佛被弯曲的山路串起的葫芦挂在重峦之中。早年经常在深山中负重前行，窄窄的山路总不见头，有时要找一块歇脚的石头都非常困难。我在上初中时，每隔几周的周末就要与父亲一道从周边剑阁或阆中的乡场上背小百货回村代销。有次父亲特地称了我背的货物，居然有一百八十斤，我怀疑我小腿粗壮就是因为从小经常背货和庄稼造成的。在山路上走得精疲力竭快要倒下时，转过一个山弯，突现一片竹林，便心头暗喜。川北农家都喜欢在屋后栽慈竹，主要是能就地取材编背篼、撮箕、席子等。果然，浓密的竹叶间透出一行行落满竹叶长着瓦松的青瓦，看到瓦缝间飘散着绺绺灰白的炊烟，顿时就有到家的感觉。不管主人熟不熟识，暑天都可以到人家檐下歇凉，雨天可过去躲雨，如果正好赶上吃饭的时间，主人家自然也不会在乎一碗酸菜红苕稀饭。所以，看到了瓦，也就看到了家，心里就踏实了。

在乡下时，盯着瓦顶发呆的时候也不少。早年乡下没有通电，也没有多少书看，特别又是在感冒生病后，能做的一件事就是躺在床上数檩子、椽子和亮瓦。川北多柏树，檩子都是去皮略粗打整过的小柏树，椽子则是柏木板，年辰一久，灰尘和油烟就把檩子、椽子染成与老瓦一样的黑色。在漆黑的房顶上，只有几片亮瓦可以透些光亮进来，不过瓦上的落叶和瓦下的蛛网也让光线更加昏暗。亮瓦是玻璃制成的，能透光，却看不到瓦外的天空以及树木。但只要凭借瓦上的声响，就知道房顶上的过客。如果声音是一路哐哐哐地传过来，那一定是一只无聊的猫，如果是急促的沙沙声，那肯定是心慌惯了的老鼠在顺着瓦沟跑。更多时候，只是听听瓦上难以理喻的风。屋外草木长年累月不挪动半步，石碾、石磨也只是在自己的地盘上打转转，鸟儿们也很少在房顶上玩耍，只有风，天天在房顶与瓦说些悄悄话。

瓦与风总有说不完的话，人听到的，只是极少极少。瓦与风一般都是轻轻絮语。我想，他们谈论的，无非就是坎上庄稼的长势啊、西河里的鱼啊、二帽岭上的花啊……因为每年春节前，我爹都要上房扫瓦，扫下的就是麦子、鱼骨头、小树枝这些。瓦仿佛是从不喜欢外出的主妇，风就是一年四季在外面闯荡的男人，一回来就带些外面的小玩意，讲一些外面的小故事，把瓦哄得服服帖帖。当然，有时候，瓦与风也会吵嘴，甚至打架。夜里，总有些瓦从瓦楞间翻起来，与风纠缠，有的还从房顶上落下，摔得粉身碎骨。只要听到啪的一声刺耳脆响，瓦下的主人都会心头一紧，然后不问青红皂白，对着房顶就大骂风。肯定是风的不对，瓦成天都默默不语、任劳任怨，风过来一会儿，房顶就不得安宁，瓦还要跳楼寻短见，难道不是风的错吗？这些，风能说得清吗？风可能受了委屈，一路呜呜着跑了。落下房顶的瓦摔得四分五裂，被抛在路边。别的瓦仍然低眉顺眼，与属于自己的那一绺风继续私语。或许他们对风对瓦的性格早已习惯，总有几片瓦会与风一起私奔，也总有几片瓦会宁如玉碎。乡下的故事，不就是这样的吗？

瓦是乡下的土著，是飞翔的泥。川北乡下多的是泥和草木，虽然没有煤啊金的，但是厚厚的土壤能长麦子、玉米和红苕，所以川北农村早年穷是穷一点，但都不会挨饿。而且摸清了泥的特性的村民们，在泥瓦匠的侍弄下，把生土制成熟泥后，再制作成瓦，进窑一烧，松散无骨的泥土便坚硬成形，弧形的瓦便是其中一种。一片瓦就是一块泥的翅膀，一片片瓦俯仰房顶的时候，瓦屋也就在瓦的羽翼下暖和起来。梁上的瓦永远都保持着飞翔的姿势，只要风一来，瓦就会在风中展翅。风从瓦边经过，瓦从风中经过，其实都是飞翔，只是参照物不一样。独坐瓦下，思接千古，视通八荒，何尝不是在瓦下飞翔。

瓦只要上了房，盖在檩椽上，往往就是一辈子的事。要么是仰瓦，要么是扣瓦，仰瓦要上大下小，扣瓦要上小下大。有时，房脊梁上还会摆一排立瓦。每一片仰瓦的大头都要压在上一片仰瓦的小头下，每一片扣瓦的小头都要压在上一片扣瓦的大头下，而且所有的扣瓦都要压住仰瓦的边沿，这样严严实实、严丝合缝，才能遮风挡雨，营造一个温暖的家。瓦有瓦的命运，瓦也有瓦的规矩，乡下人肯定早就读懂了这些。

一年当中，乡下人待在瓦屋里最长的季节就是秋冬两季。庄稼都收种完毕，梅雨时节或者霜雪天气，无所事事的大人小孩就团聚在一起烤火或做些家务。但更多的时候，我则喜欢钻进温暖的被窝，垫着枕头靠着墙壁看小说，这样身心都温暖如春。我在乡下教书时，有年在南充人民中路一旧书摊上买回了所有的《十月》《当代》等文学期刊。我背回这些泛黄的杂志，度过了一个又一个寒假和生病的日子。有一天，我合上杂志，听着瓦上风声，突然明白，每一个人都在羡慕别人的人生。其实每一个人只能经历一种人生，唯有通过小说，可以品味别人的酸甜苦辣，可以经历各种人生。一个人不可能经历各种人生，只有做好自己，过好自己的人生，此生也才有意义，重复或者模仿别人的人生既不可能也毫无意义。从此，我出入瓦屋豪庭，身居陋巷，还是穿行都市，内心恬淡自信，对世间奢华，静如止水。

瓦下的孩子都一辈一辈长大，离开了瓦屋，走出了大山，估计都没有多少闲暇回一次老家，更没有多少机会再在瓦下静静坐坐。其实，每一片青瓦下，都沉睡着一粒怀乡的种子，总有一天，他们会在风中醒来，听听风中的故事。我相信，每一条都市的大街上，都有来自乡下的孩子，总有一天，他们会怀念瓦下听风的日子。

湖底的河流

隐藏进水里的水，如何寻找？就如在浩渺星空寻找一粒星子。

我在千里之外想起故乡，自己仿佛正蹚过清澈的河水，水下光滑的鹅卵石在胖乎乎的脚丫下吱吱乱叫，不时踩上一块青苔，一条冰凉的蛇便划过脚背……

我只在六七岁时经过那条宽长的河流一次，后来它就消失了。那条河叫西河，也叫西水，是嘉陵江的一条支流。

那时的西河，河面在三条山脉断裂处的谷底，河床很宽，水面只是河床中间的一绺，水面下是大大小小的光滑卵石，水边是一直斜伸向山坡的宽敞而光秃的沙地，再向外就是长满芦苇和杂草的土坡。从这面山到另一面山，必须经过宽宽的河床，于是人们就在河床上隔一步放一块大石头，人们踩着石头过河，这些石头叫跳墩石。跳墩石半截埋在河底，水面露出一两尺。我想，跳墩石上面应该有石板铺的石桥，但每年夏天西河都会涨洪水，估计也没有那么多的石板和人力、财力来反复铺桥，于是人们干脆就在跳墩石上来来去去。河边水清鱼多，看着一群群亮眼睛的小鱼一会儿在这，倏地又向另一方向游去，我想，如果它们要从河这边到河对面，应该比我快多了，但是它们应该不敢，因为河水太急了。我经过河中间时，看到河水在跳墩石之间画出一条条细细的流线，我把小脚伸进去，水流便有力地把我的脚往下扯。父亲一把提起我说，快走，不要在河中间耍。因为河道很长，河面很宽，只要上游洪水一来，在河中间的人根本跑不出去。长辈们告诫我们，在过河前，一定要先看看河水，如果河水在跳墩石边慢慢上涨，就千万不要过河，那一定是上游的洪水来了。如果水面一上一下，始终在那个旧痕上晃动，就可以安心过河。

早年乡下修房立屋，都是立木结构。木架子立起后，上面盖瓦，下面用泥筑土墙，中间用荆条或者竹板编篱壁，河沙基本没有用处。后来农村建筑材料变了，用砖砌墙，用水泥和沙勾缝，这样的砖瓦房比立木房看上去高大洋气。那时村民们修不起砖瓦房，只有公家或者学校能修砖瓦房。我上小学时，学校要在一个破庙的基础上扩建成砖瓦房。修砖瓦房需要河沙，沙在西河边到处都是，当年也没有公路，于是学校便组织学生全部下河去背沙，不光有学生，还有老师家长。从半山腰走到河谷底，一路遇到几处看家狗和地里的瓜果，给孩子们带来不少恐惧和惊喜。沙分干湿，色泽较深的是水分重的湿沙，这些沙装在背篼里就不会从背篼缝里漏出去。灰白的是干透的响沙，走一路，细沙就会形成一股沙流不断往下漏，估计背不到学校就漏完了。铲沙的大人早知道这些，往往先往背篼里铲一铲子湿沙垫底，再铲干沙。有些调皮的孩子偷偷铲几铲干沙背上就走，干沙边走边漏，背篼越来越轻。因为人多，老师对学生们管得非常严格，只是沿着山脚下的河沟走上走下，河沟里有不少还留着水漫痕迹的黑石头和冲刷河泥后的沟壑。

山上与山脚植物都差不多，只是山下离水近，田地要多一些。一层层水田缠在山脚，像山有条纹的裙摆。从山下往山上看，一眼望不到头，大家一路说说笑笑往回走，走一会儿就在路边的石头上歇息，或者找到路边的泉水，摘几片阔木叶，叠成勺子状舀泉水喝上几口。

等累得快瘫下时，学校就到了。把沙倒在学校的教室里，抖抖衣服，再喝几碗凉水，顿时又生龙活虎。

学校修好后，我成天就在学校与家之间来回五次。那时一学期只学语文数学两门课，也没有课外作业。下课放学就在教室背后的山坡或者路边玩耍。到了周末和假期，还要到村外的山坡上放牛。放牛场在山嘴上，可以看到山下的河沟。放牛场对面山腰修通了公路，一辆辆汽车从河边来来回回拉沙，说在山那边修大坝，要把西河拦起来。小孩子对大坝没有什么概念，只知道躺在石头上看那些绿壳红壳的汽车在公路上慢慢爬。傍晚把牛赶回家后，听说那些汽车也不停歇，开着灯继续拉沙，灯光雪亮，可惜我们没有机会去看。

在我小学毕业那年，说大坝已经修好，要下闸蓄水。陆陆续续有河边的住户往山上搬迁，我们把那些外姓的叫搬迁户。我们每个村子的男人都是同一个姓，如果有做上门女婿的，也要改名换姓。这个村子姓彭，叫彭家河，对面村子姓李，叫李家湾，再对面村子姓蒲，叫蒲家湾，山那边姓杨，叫杨家山，山背面姓袁，叫袁家岩。每一面山都有自己的姓氏，但搬迁户不是上门女婿，他们的男人们过来不会改姓。随着搬迁户慢慢融入我们，村上开会有一些陌生姓氏的男人过来，班上读书的也有一些口音奇怪的孩子。这些外姓人进入我们的圈子，多少都还有些敌意。在我们之间的敌意还没有完全消除时，站在学校后的石头上就可以看到远处山下，西河的一小片水光亮了起来，不久也有船从河两岸来来回回仿佛金星凌日。我想象当初没有蓄水的时候，从山这边到山那边，要经过多少弯弯曲曲的山路，现在只要船直直一划，就到达了。船经过的路线，正是当年在山下我们仰视的鸟儿们飞行的路线。小时候想，只有神仙可以自由飞行，现在看来，从水底向上看水面，船上的我们何尝不是在另一个世界呢？

我时常想起蓄水前的小河，现在它们到哪里去了呢？那些水还会不会在之前的乱石中流淌？湖面升起来，河流遁隐在水下，哪些是河水，哪些是湖水？水藏在水中，才是一种不显山露水的大智慧。

　　西河上的大坝蓄水后，把半山腰下的一切掩藏在水下，我估计，在我们这一辈之后，不会有人知道水下之前到底是个什么模样。如果谁再说起之前的村庄，会不会觉得恍如隔世？或许，正因为人生短暂、岁月无痕，我们才如此看重人间的古往今来，才会对脚下大地上的万物充满悲悯。估计没人会亲眼看到沧海桑田，能在偶然间看到高峡平湖，的确是人生的一件幸事了。

　　如今，西河在我的家乡音讯全无，它已深深埋藏在十三亿立方米的水域之下，这片水域叫升钟湖。山民们转身成为渔民，吃惯红苕苞谷的肠胃已经适应鱼虾河鲜，耕田犁地的手艺被捕鱼撒网取代。深山老林变成水乡泽国，一水之隔，天地已经焕然一新。我的童年，已经淹没在湖水之下，岸边只是人到中年的回乡人。

　　寻找湖面下曾经宽阔的西河，打捞记忆深处的陈年旧事，慢慢明白，世间所有的人和事，也如西河，都一直在静静地沿着自己的河道暗自流淌，哪怕我们没有看见。

一棵树的世界观

那天，我在树荫下仰望深蓝天空，才明白自己每一步都踩踏着日月星斗。在世间行走生活，来自遥远星空的宇宙射线也无时不在我们体内穿行。星移斗转、古今更迭，这些词竟然如此贴近我们，只是许多人对此毫不在意。

千江有水千江月，万里无云万里天。这句偈语流传甚广。我曾想，自己遇到这样的碧云天、明月夜将何种情形。但更多时候，我都在为生活和工作的琐事奔忙，根本没有闲暇来看看花开云飞，偶尔闲下来，反倒茫然无措。

午后风暖，孩子在院里玩。夜里风雨过后的阳光清亮温润，人、动物和植物都一个劲地往阳光下凑。孩子们四处笑闹，找到了自己的乐趣，我坐在长椅上无所事事，看植物嫩叶上亮晶晶的反光，看树荫下斑驳的影子。我身后是一棵高大的皂荚树，前两天风雨过后，枯叶掉落，差不多在两天之间，满树换上细碎的新叶，清爽亮丽，秀色可餐。抬头看去，小小的叶子在树枝间铺展开来，有的地方厚，呈墨绿色，有的地方薄，还是黄绿色，如绿色的布幔撑在阳光下。密集的树叶间，也有不少阳光如漏网之鱼，一条条斜蹿下来，在地面上吐着一串串光亮的水泡。中午的太阳不见移动，那群阳光的鱼也静静地停在路面，与我对视。

我掏出手机，对准光斑和树冠拍照。当满目风光缩影至小小的手机屏上时，已是另一番景象。随着焦点移动，画面时明时暗，在光的波浪中沉浮不定。焦点对着树叶厚的地方，画面就亮了，深深浅浅的绿色被粗粗细细的枝条连接着，一大片绿里的繁杂经络就脱颖而出。焦点对着树叶薄的地方，画面就暗下去、黑下去，在树冠的边缘才有叶子的轮廓和透出的绿意。

我把焦点对着树缝间的空隙，屏幕顿时漆黑一团，仔细分辨，才能发现叶缝间透出的稀疏亮点。我把这张照片调成黑白色，屏幕上显示的画面让我怦然心惊、慨叹不已。这不就是一幅夜空繁星图吗？黑幕上的亮点或密或疏，有成团的，也有单点的，有亮的，也有暗的，一幅可见恒星、星座、星群、星云、星系的天体图跃然屏幕上。日月星汉，若出其中。一棵树就如此胸怀日月，包容星辰，高天厚土之间就如此融通，我却多年无缘发现。身边，树缝间的光柱已悄然消失，天地间的纽带仿佛断开，但一圈圈光斑仍铺在地上。那些由粗至细伸展在绿叶间的树枝，仿佛大地伸向天空的毛细血管和神经网络，在与天空对接互通。我此时才明白，地上的这些光圈就是散落在人间的星体啊！这不是一个时髦的修辞，根据小孔成像原理，树缝间投射下来的光斑就是太阳的实像。我不敢直视太阳，只低头看看这些圆形的光盘，就知道太阳的模样了。当然，还有别的恒星实像也通过这些小孔到达了地面，只不过阳光太强，把别的恒星发出来的微光全吞了下去。虽然我们看不见太阳之外恒星的影像，但我知道它们一定也与太阳一样，通过这些小孔来到人世间，然后趴在地面、楼顶或爬在墙壁上，静观人间万象，温暖世上众生。

看着一个个明亮的圆团簇拥在地上，想象着光年之外的这些星体的样子，我不由得伸手抚摸它们的身体。我把手掌伸进这一团光，我知道，手握着的一定有太阳，还有别的恒星，我能感受到它们共同的温暖。或许温暖就是它们通用的语言，它们一直如此与世上万物交流。这些天外星球，此刻如同一只只温顺的白狗，卧在我的脚边。我知道，我抬头去看它时，它们微小得只能想象。当然，它看我时，我同样也是渺小得可以忽略，但终于在这个时刻，它靠在我的肩头，依在我的脚边，与我深情相拥，无声交流。其实地球有多大，我没有亲见，其余的恒星也同样只在想象之中。但在天地间，我们却如此心领神会，一见如故。

我再看看院子里的树，黄桷树、榆树全都换了新衣，给楼下的空地搭起了绿叶帐篷。我仰头看出去，一棵树与另一棵树的树冠之间空隙有宽有窄，弯弯曲曲，在绿色的穹顶上留出了一条洁净的银河。只不过，夜晚的河岸是黑色的，现在的河岸是绿色的。草木就如此营造了自己的星系，构建了自己的天文学。夜晚，抬头看银河时，它很远很虚幻，此刻却很近很亲切。这一树树群星璀璨的天体，如同开满光亮之花的园林，也有一条银河日夜守护、浇灌。

我记得成年后，有次到科技馆参观，头一次看到云室里宇宙射线留下的鬼魅印迹，我竟目瞪口呆，久久不忘。那些粗细长短、卷曲折转的粒子身影真实地出现在面前，如同一个个隐形的巫师在水面画出各种线条，然后转瞬即逝，而水面不留半点波纹。也如天空飞过的翅膀，哪里还有雪泥鸿爪或飞过的痕迹呢？后来得知，每一秒，都有数以万亿计的"幽灵粒子"在穿过我们的身体，而我们却浑然不知。这是谁的身体？谁让你们如此肆无忌惮地进入我的身体？其实，这如同叶缝间穿行的星际光芒，是人类与宇宙融会贯通的一个佐证。如果没有云室，谁会知道竟有如此多的精灵在我身体里遨游。如果没有这次树荫与阳光的相遇，我也不知道脚下铺满的竟是遥远的星体。天地间，有多少事我们不得而知。

　　一棵树的生命比一个人的生命长，经历的风雨和世事也比一个人多，凝视星空静静思考也比一个人更持久深入。无疑，一棵树的精神气质远比一个人更深邃从容。以草木为师，细细体会一棵树的世界观，与一棵树促膝长谈，人生也就豁达敞亮开来。

与湖同龄共潮起

　　川北有大湖，山为岸，丘成屿，淘洗日月星汉，镜鉴周遭物事。湖名升钟湖，年方四十，如嘉陵江右岸的一枚巨大碧玉，佩戴在群山胸前。

　　我在川北深山中牙牙学语时，升钟湖也在六百里西河多年孕育下动工修建，于是我便与她同龄。后来，我的小名换成了学名，每天在乡村小学来回奔跑，但在父辈的交谈中，升钟湖还是唤着小名，叫碑垭水库。直到我已经能够独立在三十二开的习字本上写下我的名字时，才知道碑垭水库的大名也镶嵌在大坝的外坡，"升钟水库"四个巨大有力的毛笔字用水泥铸形瓷片贴面，在阳光照射下光芒万丈，远近可见。我的名字源于我家族的姓氏和父亲的期望，升钟水库的名字则源自大坝的所在地。削平两座大山建坝位置的碑垭庙就是水库小名的由来，碑垭庙当年属南部县升钟区，于是升钟水库便成为碑垭水库的大名。给升钟水库题写名字的人叫胡耀邦，他曾在川北任职，川北人民都时常提起他。升钟水库 1976 年批准兴建，1977 年年底正式动工。一个伟大时代开启的时间节点，在偏僻的川北大山中，流淌千年的西河用自己的方式把历史定格。现在看来，升钟湖更像是一枚时代的勋章。

　　西河是升钟湖的母亲，她用自己长长的臂弯把川北层层叠叠的群山揽在怀里，呵护着孩子们成长。山再多再高，草木再多再深，但在西河面前，都是低眉颔首，沉默顺从的，这是西河的家风，也是西河两岸的民风。在西河的怀中，川北山上山下的日子一直过得宁静恬淡，柴米油盐井然有序。岁月大山中的细节，因重复而简单，因遗忘而单纯，除了坟林里石碑上的记载，已经没有多少更久远的记录，通过石刻的只言片语也无法联想明清时祖辈们在西河两岸休养生息的生动场景。

在我已经能轻松地从四合院高高的木门槛上翻进翻出的时候，十万民工已经在碑垭庙两个山头间筑起了一个巨大的门槛，要把西河的水关在山中。川北的大山，如一道道门，把村民们一代一代关闭在山中。在我们的记忆中，这一片深山，很少有人走出大山有所作为，直到红军从这里经过，带着村民们一道北上，然后才有村子周围一些人名和故事留在了书籍之中，川北工农红军、升钟寺农民革命运动的史料，至今仍是这片土地深为荣耀的事件。

截断西河的大坝一天天增高，我的腿也一天天变粗增长。我与我的同伴们一样，一心只想顺西河之水，奔向山外的天涯海角，可是大坝要把水一滴不漏地关在山中，那我们长大后如何走出大山呢？我们当年一直十分担心，但看到深山里进来了红红绿绿的汽车，就把这事给忘了。我们周末都争着去放牛，可以躺在温暖的石头上看河对面山下公路上的红绿蚂蚁爬，绿的是解放牌，红的是太脱拉，它们来来回回拉河滩上的沙去筑大坝。我们都知道太脱拉比解放牌力气大、装得多。我们时常看到解放牌冒着黑烟不停吼叫，就是冲不上一个小山坡，有时还会发现路过的挖掘机伸过铁掌子把解放牌屁股一推，于是解放牌就轻松地开上走了。那条白晃晃的碎石公路是全公社的社员们修建的，一早出村，晚上回村，中午就在工地上煮饭吃。有天父亲回来说，对面方山有个青年负责放炮，那天有一个炮眼没响，他便冲过去查看，哪知刚走拢，装着雷管炸药的炮眼突然爆炸，那个青年在巨响和浓烟中像只雄鹰飞上天空，等烟消石落后，村民们只找到些碎骨拿回村子安葬。

伙伴们除了放牛，还要读书。一学期只有语文数学两本书，开学只发两个作业本，这就是一学期的任务。我们当年放学后时常一手抡起书包甩几圈一松手，书包就飞到几米外的草坡上或者树上。现在我每天送女儿上学，书包有几十斤，想不到一学期下来，竟然拎好了多年不愈的肩周炎。在学校里，伙伴们最关心的不是山下的水库，也不是书包中的作业，而是上学路上经过的花生地和麦地。因为村民们种花生时，常会点几窝黄瓜。麦地里有几株老桑树，麦子黄时有桑果，这些瓜果的魅力无可替代。偶尔，听到碑垭水库已经下闸蓄水了。川北很少有成片的水，不少人一辈子都没看到过海，我也是去年夏天才在天津见过一次海。我上四年级时，有一天在放学路上发现在相对山峰的缝隙间透出了一小片亮光，那就是升钟水库的水。远远望去，如雨后的牛蹄印，又像一块碎玻璃直晃眼。传说了多年的升钟水库，看下去只这般大小，多少让我们有点失望。后来，我进入了山对面的初中，每年都会遇上春旱和伏旱，几个月不见一点雨，水井也露出了底，同学们只得每天中午到山下的水库提水。我第一次站在湖边，浩大的水面如同一道难题，不能逾越只能叹气。淹没在水下的山坡一米开外就看不见了，只剩蓝幽幽的一片，深不可测，仿佛一双大大的眼睛盯着我，一动不动，让我恐惧。

几场暴雨过后，水库的水也就到了洪水线，把西河和她大大小小的支流全部掩藏起来。山谷流下来的水直接进入深深的水库，只有在暴雨过后，浑浊的洪水会在水库的河湾里留下一截黄色的尾巴，村民们便乘机拿根长棒到尾水打鱼。看到被呛得头昏脑涨的鱼儿们盲目乱窜，村民们就瞅准机会一棒打下去，每条鱼都有两尺多长。虽然水库蓄水后可以让人们隔三岔五打一下牙祭，但是山上的村民并没有得到多少实惠，反而要绕更远的路。河里的渡船时常东跑西跑，过河则如同登天。到了旱季，山上的村民们望水却不能止渴，于是一个接一个到新疆摘棉花、山西挖煤、广东进厂。早年，我们村子五百多人，如今只留下老人和小孩不足五十人。村民们出去之后，五年十年不回村，如今只在朋友圈、QQ 群、微信群可以看到他们秃顶发福的照片。

一晃，四十年过去了。村民们还在异乡，村庄还在老地方，升钟水库仍旧年年碧波荡漾。到了放水插秧或者大旱时节，水面有点下降，但也只是在岸边露出一截晒干的灰白泥土，仿佛水面的项链。但慢慢发现，水库周围的山上山下却发生了当年意想不到的变化。升钟水库已经改名了，叫升钟湖。湖岸出现了一片片粉墙红瓦的渔家乐，公路也变成了宽阔的沥青路，整齐高大的行道树每季换装，升钟湖已经成为全国闻名的旅游胜地，吸引来一队队钓鱼游湖的异乡人。兰渝铁路、成南铁路、成兰高速、成巴高速又先后建成，经过湖区所在的南部县，升钟湖如同一个美丽村姑成为网红。同样的山水，经过几十年的历练，十三亿立方米的水体，已成为康养乐土、聚财宝地，成为我老家乡村振兴的牵引机。

我与同村的伙伴们一样，二十来岁就离开村庄外出打拼，如今都成家立业，父母都进城带孩子，老家的院落长期上锁。我不知道这种景况会持续多久，可是近几年间，水泥公路村村通、户户接，危房旧宅全面整治，撂荒的肥田沃土又流转重生，昔日破旧的乡村又容光焕发，我老家的村庄与城郊的示范村没有多少差别。前几天，微信群又传来新的视频，村里家家户户整治一新，公路两边安装上了太阳能路灯，而且村外的堰塘里还有台红红的挖掘机在清淤淘泥，轰隆隆的发动机声如阵阵春雷，让这个麦苗儿又青、菜花儿又黄的春天耳目一新。

三十而立，四十而不惑。升钟湖如同一位尊者智者，经过几十年的沉淀涵养，如今更加睿智沉稳。水就是她的民众和力量，所为必胜，所行必达。站在充满磅礴活力的湖边，想到自己也与改革开放大潮同起共振，深深感受到个体的小生活，映射着国家的大变革。个人的前进，无一不是时代推进，个人的成就，无一不是时代造就。每个人的个人奋斗史，也同样是家国的发展史。

我的儿子今年三岁，正赶上新时代的发展大潮，在他们这一辈身上，我们肯定会看到更多新惊喜。

川北可采莲

其实，在汉乐府、周敦颐、朱自清之后，再来说莲或者荷塘，的确需要很大的勇气。莲出淤泥而不染，濯清涟而不妖，微风过处，送来缕缕清香，仿佛远处高楼上渺茫的歌声。唉，"眼前有景道不得，崔颢题诗在上头"，对此，借李白之言做无奈状或许是最明智的。

正因为汉乐府说"江南可采莲"，所以再说说川北南部县的莲真还有必要。川北多山，十年九旱，每到夏季，常常缺水，特别是乡下。川北的城市大都紧靠嘉陵江而建，广元、苍溪、阆中、南部、仪陇、蓬安、南充等，都仿佛一个个渴怕了的孩子，长年累月、从早到晚都待在水边，一刻也不分离。所以，像莲这些喜水的植物，在川北基本没有立足之地，只有富贵人家附庸风雅才养几株在水池或水缸里。乡下人对莲的了解大多是通过线装书的介绍才知道的。虽说乡下老家有不少女子取名叫惠莲、玉莲、莲英等，但这些女人们却很少看到自己借名之花的模样。这些名字，都是早年上过私塾的老先生们从书上翻来的，估计他们对莲也没有多少直观印象。乡场上早年做生意的经常到成都进小百货，那地方叫荷花池。虽然叫荷花池，但根本没有荷花的影子。只有村里或者城里的富贵人家，到很远的南方旅游，才专门去看荷花，回来一传十、十传百地描绘接天莲叶的盛况。

三五年前，这种情形彻底改变。江南田田莲叶也在川北大地铺天盖地，成为远近闻名的景观。这居然还牵涉到苏联专家。为了解决川东四百余万人的饮用水难题，蓝眼睛的苏联专家们把川北西河两岸的高山峡谷摸了一个底，一个巨大的计划慢慢实现，才让江南的莲落户川北。十年筑一坝，山乡变泽国，库容十三亿立方米的升钟水库成为川北一劳永逸的自流井。虽然苏联专家提前撤走，但这一方山水还流传着他们的传说，升钟湖幽深的蓝眼睛守护着西部的贫瘠荒野，直至群山沟壑成为鱼米之乡。

川北的池塘早年叫日月潭，白天装日光，晚上装月光，从来没水装。没想到，世事会如此变迁。高峡出平湖，湖叫升钟湖。深山峡谷间同时也建成了高大的渡槽、宽阔的渠道，生命之水如长长的列车在山谷间穿行，润泽着川北大地。从此，川北的物种也大为改观。

喜水的莲藕引种过来，在南部成百上千亩地生长，稻田转身成为莲博园，自然村成为旅游点。走出富贵人家的莲花同样在田野盛开，仍旧花红叶碧，让川北的男男女女领略到江南的诗情画意。每到夏秋，远远近近的村民们都要与来乡下的艺术家们一道，走进高过人头的莲田，做一回江南的赏花人、采莲人。人面莲花相映红，江南川北似梦游。村民们早年吃腻了红苕、苞谷的舌头又习惯了莲藕、莲子，南北转换，味觉调整，多少也有些障碍，但是莲藕还是慢慢成为人们的主食。

如同当年张骞出使西域带回的种子，移植到川北的莲长势良好。莲博园的人们习惯了莲的生长，熟悉了莲花、莲叶、莲藕、莲子的功能，闲时就坐在门前赏花，饿了就藕片下锅，生病则莲子熬汤，想起心中的男人或女人时，就也学说江南吴音，轻声分辨琢磨起莲和怜。江南的文化也随同莲，在川北融合生长。莲，或许是江南派来的使者，在蛮荒的山野传播另一种文化。

川北自古苦寒，以阆（中）南（部）盐（亭）为甚。纵观千年历史，只有如今人民生活大为改观。细细想来，其中之一是由于水与路的畅通，让这片土地滋润肥美。水让村民安居，路让百姓致富，也让千里之外、千年之外的文明落地生发。天高地迥、星汉浩渺，只要渠成水到、道路畅通，一切皆可焕然一新。莲在川北的生长，其实也就是在用她的美丽向我们证明天地间这个朴素的道理。世间万物皆为一体，只是路径各有不同。

　　有一支叫《阿莲》的歌，有一首叫《爱莲》的诗，也有一个叫忆莲的人，但是，品味一支歌、一首诗、一个女人，都不及亲自步入南部县的莲博园。走在清新凉爽的山水间，看莲花的开放，听莲子的掉落。到江南去采莲，实在已经没有什么新鲜的味道。到崇山峻岭间的川北深山，做一回江南那样的采莲人，这才是当世的人生幸事。

　　亲，成都如此热，到南部采莲，可别忘了归期啊！

定居的河流

　　我时常在闲暇时琢磨逝水、年华和金缕衣裳。子在川上曰：逝者如斯夫！不舍昼夜。人们说此处逝者是指时光，如水一去不回。我想，金缕衣也是如斯，少年时与金缕衣都得惜取。所以，从古至今，惜时惜财的古训比比皆是。而且，对于水本身，也需珍惜汇聚。

　　我的老家在川北深山中。川北自古贫瘠，人云：阆苍南，最苦寒。即是说阆中、苍溪、南部三县荒芜落后，为川北最甚。川北属革命老区，有山有水，山是青山，水是绿水，嘉陵江还让阆苍南三地一衣带水，但由于地远道阻，物产单一，多年都难摘掉国家级贫困县的帽子。人穷往往志更短啊，从来不敢定个像样的小目标，大多缩手缩脚，哪里还敢作敢为？于是，在这种环境下，人们多听天由命，安于现状。对于长期在深山中生活的人，特别是穷人，水、时间、金钱这三件东西，最珍贵的肯定不是时间，可惜水与时间都不能换成脱贫的现钱。如何把绿水青山变成金山银山，这也是山里人千百年来的梦想。

　　嘉陵江中游这三个山水相邻的贫困县，如三个困顿的难兄难弟，如何才能走出穷山恶水呢？没有出路，就找出路啊。于是，修路便成了头等大事。我之前回老家，要从县城坐车到乡上，乡上走路到河边，过河再爬坡上坎，一整天才能回到八十里外的破瓦房中。现在村村通了水泥路，无论天晴下雨，个把小时就可以顺利来回。但是，村里路虽然通了，山上也只有少量的土产，河里是浅浅的流水，也没有多少水产，青壮年大都外出打工去了，如何才能让山水生财呢？

苍溪早年就在山上做文章，满山柏树灌木卖不成钱，那就改种果树啊！在我上小学的 20 世纪 80 年代初，就知道苍溪雪梨味道好，只有过年时父母才会买个雪梨罐头全家分食，吃完罐头还要往罐头瓶子里倒进温水涮一涮，把微甜的水喝完。后来苍溪又有了红心猕猴桃。其实，梨树、桃树，川北一带每个村都有，可是只有苍溪雪梨仍留在记忆深处。如今，每年梨花盛开的时候，花下总少不了全国各地的游客。

阆中呢？不是有一片片青瓦旧院吗？在别的地方都在大规模拆迁改造修高楼大厦的时候，阆中反其道而行之，修旧如旧保护古城，换个地方建新城。如今，阆中古城已是全国四大古城之一，每逢节假日，阆中街巷火树银花，人如潮涌。

人们可以到苍溪吃雪梨、猕猴桃，以饱口福；可以到阆中看风景，以饱眼福。那么，嘉陵江顺流而下的南部呢？

既然水能生财，那就不能让它白白流走！嘉陵江有条六百多里的支流，名西河，流经南部县境有四百余里。每年夏天，洪水都会把两岸的庄稼冲刷一次，有时甚至还会吞没几条人命。平日，水总是从眼前一晃而过，除了可以游泳洗衣外，也打不起多少鱼，被水冲怕了的村民们都生活在两岸的高山上，依然天旱缺水，望天种田。西河两岸山上的闹要渴死，山下的却闹要淹死，人们就这样担惊受怕地过了一辈又一辈。在我刚出生不久的 20 世纪 70 年代，为了解决川东四百余万人的饮水困难，上万南部人民肩挑背扛，经过七年奋战，终于在升水镇两山间修起了一道七十九米高的大坝，截断川北云雨，高峡出平湖。然而，隔山容易隔水难，湖水一涨，把当年的连绵高山切得七零八落，大量良田沃土没入水下，行路难、用水难、就医难、增收难等难题如几条大索又把库区人民束缚得不能动弹。十三亿立方米的水体存放在川北高山之间，这是一笔巨大的隐形财富啊！人们都期望这隐形的财富变成白花花的现金，可是如何让这湖死水变活水呢？人们网箱养鱼，水却变臭。养鱼不行就养生吧，发展旅游是个好办法。于是升钟水库更名升钟湖，开始举办全国钓鱼大赛聚人气招客商。想不到，这办法可行。南部县至今已连续举办了九届国际钓鱼比赛，升钟湖早已美名远扬，渔家乐、农家乐、野钓场如雨后春笋相继开业，湖两岸的村民家中时常有来自全国各地的垂钓休闲、康养度假的远客。

　　几年间，嘉陵江梯级开发工程相继竣工，苍溪、阆中、南部城边都建好了高大的水坝，湖水让沿江的三县临湖而居，让川北大山里的村落、城镇兼有了江南水乡的风韵，也带来了鱼米之乡的商机。尝到亲水甜头的南部人民又对县域内的"一江五湖"分级打造，让百万人民借水之力，走出了大山，走出了贫困。南部除了烟波浩渺的升钟湖外，还有俊秀小巧的八尔湖。八尔湖之前叫八尔滩，是以灌溉为主的水库。想不到几年间，音乐喷泉、水幕电影、古镇、码头、环湖跑道、民居博物馆、水上游乐场、特色旅游风情小镇、特色农产品交易市场等先后建成。白天绿岛棋布，鲜花似毯，夜晚灯影婆娑，水映琼楼，行走在八尔湖，恍如隔世。定居的水，让川北山乡蝶变成为远近闻名的休闲度假景区，再一次刷新了世人对川北的印象。

　　流动的水固然有其流动灵秀之美，定居的水也当然有其平静深邃之美。积水成渊，积善成德，让水定居，更能因水聚财。重回故土，老区已换新颜。苍溪看山，阆中看城，南部看水。眼下川北，可谓：阆苍南，美名扬！

水边的坟茔

水边的坟茔，在春日的阳光下闪耀着雪亮的光芒，如同一道锋利的刃划过每一个过客，所有的算计与防备都在刀锋过处无声委地，重重心机也转瞬分崩离析。因而，波光粼粼的湖边，被水侵蚀得百孔千疮的坟茔格外刺眼，一个个世俗的灵魂在这里都难免受到重创。

川北深山中的升钟湖，就在我老家的山脚下。小时候，全村的孩子们每天都把牛牵到村外几里地的山坡上吃草，然后或坐或仰，在石头上看山下的深沟和天上的白云。山下那时不是广阔的湖面，而是高高低低的山包和弯弯曲曲的山路，在最低处的河沟里，才是一条长年哗哗流淌的河。这条河我后来才知道叫西河，是嘉陵江的支流，有六百多里。

太阳一出来，就照着这面山坡。大家都喜欢躺在草窝子里看山下龙马镇的汽车。那时，一条宽宽的公路已经修到了山脚下的河对岸，河滩上有几台挖掘机在沿河挖沙石，那些顺路一个接一个过来的汽车喘着粗气把沙石运到远方。那个小河滩叫龙马镇，一听肯定以为是个车水马龙的热闹集镇，然而我们看到的却是荒凉的河滩，直到后来过来了不少人修了公路，才带来了不少汽车和喧哗。

父辈们早年到龙马镇那边修公路，天不亮就带上锄头撮箕出门，很晚才回家，有时一连几天都不回家。全村的青壮年都去修公路了，只留下老人和孩子在村里留守。我们当年都没有看到修公路的场面，只是听到了不少修路工地上的事。

有一天，修路的人们回来便讲，山那边方山有个青年是炮工，在点燃火绳后，那个炮却迟迟不响，躲藏在四下的村民们都探出头来张望，然而那个青年却急不可耐地跑过去，要仔细看看火绳到底燃着没有，人们都拦不住他。他过去蹲下来正用手剥那段导火索时，那个装了几公斤炸药的炮眼竟然轰地炸响了。所有的人都看到那个青年在浓烟中飞腾出去，与大大小小的碎石一起在天空中高高掠过，和讲述的村民说的一样，那个青年如同一只老鹰，在人们的惊叫声中，转眼散落在四下山坡上。后来，村民们只寻找到了一些牙齿、骨骼，用白布包在一起，送到了他出生的村子。

等到我们长到可以去龙马镇对面山上放牛的时候，公路已通车了，成天目不转睛地看一辆辆来来去去拉沙的车便成了乐此不疲的事。后来，我们才知道那些沙石是拉到一个叫碑垭庙的地方。等山下的村民们先后搬迁到我们所居住的村子里时，才知道碑垭庙是苏联专家选中的一个修大坝的地址，搬迁来的村民们的老家过后都要被水淹没。

在水淹没之前，我只走过一次山脚下的旱路。那是在读小学的时候，学校修校舍，要到龙马镇背沙。四五十个小学生便背上背篼，顺着我们周末放牛的山路一直往下走，经过一块块水田，路过一座座小桥，便走到山脚下，看到淤泥漫过的河床和零星的芦苇，细顺的沙地里栽着成行的油菜。脚下的山路平顺松软，全是一层细细的沙，比山上路好走多了。

走到河滩，河流在这里拐了一个弯便转向山的那边了，清澈的河水哗哗哗地从光滑的卵石间流过，河滩里还有不少木板、衣物，那是洪水从上游带下来的。老人们说，有一年夏天村民们过河赶场，来到河边时，发现河边的水草不停地倒向一边，再看卵石间的水越涨越高，赶场的都不敢过河，生怕走到河中间时洪水过来。果然，不到半个小时，上游的洪水便夹杂着垃圾杂物，转眼间漫过了整个河滩。下游晴空万里，但上游却是山洪暴发。我们踩着河中间一块块跳墩石过河，然后装上一背篼沉重的沙便往回走，看到湍急的河水，生怕走到河中间遇到洪水。

路边有一段长长的石窟，是歇脚的好地方。家在河边的同学说，这一片石窟叫龙腔寺，里面有不少雕刻。我们还念叨着什么时候过来看一看。然而，我们再也没有机会到山脚下看了，因为在我们再到龙马镇时，水库里的水已经把那个河滩深深地淹没了。

几场暴雨过后，湖水日渐上涨，两山仿佛近了许多。过去山下河滩两边的诸多风景，全被宽广平静的湖面代替，两山之间一下变得简单起来。过去时常在山坡上看汽车，现在只能在山上看船只。

河边的村民们也开始转变角色，慢慢适应水边生活，不少人买回了渔船和渔网，开始当起了渔民。院坝里不再有多少谷子和苞谷了，取代的是一溜溜晒干的鱼片。

湖水慢慢上涨，原来山下的一切都沉入水中，山下的村民们搬迁到了山上，安插到别的村子，我们都把这些外来的村民叫搬迁户。这些异姓人都操着不同的方音，把房子修在村子远处的山坡上，不与村里的本地人居住在一起。从他们口中，时常听到怀念富庶老家的叹息。

后来我每次走出山里的时候，都要来到河边乘船，看着幽深的湖水，我都感到莫名的恐惧。河边不少树木浸在水中，早已枯死，湖面起起落落，在岸边留下了一截光秃秃的裸露山坡。不少坟茔也无人搬迁，便孤零零地留在河边，在湖水的涨落间，坟茔上的泥土慢慢剥落，只留下一块块覆着泥污的石头。在太阳的照晒下，那些石头便变得白晃晃的，让人不敢再想下去，因为它们看上去似乎与白骨更加接近。

　　早年的村民们把祖上埋葬在风水极佳的福地，然而多年过去，后人竟然也不知道哪个坟头是自己的祖上，在湖水漫过来时，谁也不会再去给他们搬一个家。于是，村民们的祖上们便在桑田中陷入沧海。然而那些水边的坟茔，经受着湖水的冲刷，一个一个在风浪间无声消失。

　　坟茔，是村民们最后的归宿。然而在水边，他们最终也没能坚守住自己的领地，只得在山河变换中再次埋葬和消逝。

　　那些水边的坟茔，那些过去的岁月，那些曾经的故事，何尝不是一曲关于生命的挽歌。

在白渔听诗

白渔是一个村，在成都西北六十公里外，属什邡。

初秋的周末，朋友邀约参加乡下村里的诗会，想必是些白发苍苍的老太爷的四言八句，不会有什么新意吧，但在都市里闷久了也想出去透透气，于是欣然前往。出城不久，沿途同行介绍，这路叫"北京大道"，与两边的建筑一样，都是汶川大地震后重建的，看到路标上有红白镇的字样，我才觉得这方水土早已在文字中熟识。

川西平原的村子不像川北的村子那么轮廓分明、立体生动，四望一马平川，只要有一排树横在眼前，顿时就会一叶障目，望不见山，望不见水。川北的村子全一层一层地挂在高高矮矮的山坡上，放眼望去，山石田土、草木河池一览无余。穿过一排又一排茂密的行道树，终于在树荫下抵达聚会的村子。发现庄稼丛中有一座农家小院粉墙黛瓦，院外还有一个小小凉亭，顿觉是一幅世外桃源的美景。从笔直宽阔的公路分出一条小路穿过两边的稻田，在亭子下铺展成一方小院坝，这也叫川西坝子。

诗会是定在晚饭后，这时还有人在亭子后搭建幕布，上面有一块圆形的白布和一些云的图案，我才想起快到中秋了。从路上三三两两地过来些男女，不过不像是川北老农的打扮。路边稻子黄了，一台收割机在稻田里来来回回、不紧不慢地把稻穗卷进那钢铁的舌头，一粒粒金黄的稻子又从机器旁边流下来,仿佛是这铁兽吐出的渣。田里除收割机外,只有一对老夫妻在轻闲地来来去去,两袋烟的工夫,稻子全装进了田边的编织袋,他俩则无所事事地在田里捡拾些剩下的稻穗,再把青黄的稻草均匀撒在田里,说是准备沤肥。收割机开走了,过来拉稻子的小三轮也开走了,四下弥漫着稻草的清香。我却回味着刚才与两位老人的交谈,一亩稻子的收入减去肥料、收割的开销,也所剩无几,然而老俩却乐此不疲。

小院里几味农家小菜、几巡乡下老酒过后,诗会在夜色中开启。来人们都席地而坐,桌上是一盘房后摘下的水果,两杯井水泡好的清茶,儿时的伙伴都远远近近地赶过来,在庄稼地边念几句自己写的诗。我这才发现,最好的诗人原来都居住在小村庄,最美丽的诗篇应该都有水稻和泥土的芳香。其时中秋尚早,心急的乡下诗人们就在幕布上画了一个月亮,看来画月怀乡也是个好办法。有个朗诵者从远远的都市回来,就为了在村子里给大家念一首自己的诗,与村里的族人们用土话拉拉家常。他在诗里说道,月亮是乡愁的影子,从川西到江南,从唐宋到今夜,他都会与乡人李白苏轼一样,为这擦肩而过的前世宿愿一醉再醉。有人把自己的爱人比作月亮,他愿意选一口很老很老的老井来想她,然后变一只青蛙,坐在井中守望自己的天空,想她就坐井观天,那样,每一次抬头都能看见圆满。还有人念着,少小离家老大回的我,回到了白渔的怀抱,每一棵树、每一朵花都长满了重逢的语言。这些朴实而充满灵气的句子,仿佛是一株株刚从院外田地里长出的新苗,那么清新,那么舒坦,如同夜色里稻子收割后的味道。

我的朋友也是村里的村民,从小在村里玩耍上学,长大后外出求学、四处奔波,年近五旬,思家的心情愈加迫切。他的同学与他一样,成年后各自东奔西走、四海为家,但走得越远、走得越久,就越想回到儿时的小村庄。于是一呼百应，在中秋还很远的时候，就相约回家，在村里办一个乡村诗会，对家乡的山水述说一下在异乡的离愁别绪，对久违的故人再摆时尚的龙门阵。

小院别致，院外有亭、有山，院里有照壁、书房，川西小院的巧妙布局，在夜晚的灯光映照下，恍如琼楼玉宇。对于离乡的人，回到儿时的地方，咋看这景致也都是天堂。

在夜色未暗的时候，我还在小院四下闲转，发现院子东头和西头各有一座小小的坟包，就在小院的屋檐下。我向小院的主人打听，主人说那是他的爷爷和奶奶，他俩一人一方，在乡下守门护院。

在回城的路上，我一直不能平静，这在农家小院举办的中秋诗会，何尝不是文化扎根乡土的生动实践；这稻田边的村民诗会，正是这方水土物质、精神双丰收的真实画卷。

白渔村在双盛镇，诗会上有人解释说白渔村的得名或许是源于白鱼，白鱼又叫蠹、蠹鱼、壁鱼，是一种专门吃书的虫子，也叫书虫。以此取名，莫不是村里的祖辈在告诫子孙们要勤耕苦读吧。那么双盛因何而得名呢，田里还在收割水稻庄稼，院里还有抑扬书声，这又何尝不是双双兴盛的最好诠释呢！

火车永远年轻

在我四岁的时候，我们全家坐火车从广元到勉县看过我的姑姑，但是从记事起就完全没有火车的印象了。只在父母的闲聊中得知，从那以后我就天天在家推拉小板凳哐当哐当开火车。后来上了中学，在汽车上看到过几次偶然相遇的火车，有绿皮的、红皮的，还有黑皮的，它们从远处弯曲着长长的身子，义无反顾地向前移动，猛然间又扑面而来，再从身边呼啸而过，开向一个未知的地方，这种惊险刺激和神秘让我向往。

有几次从南充到成都，我特意买了火车票。四个多小时的硬座，让我的大腿几乎麻木。车厢里交织着各种方言和味道，把我上车之前的欣喜熏得无影无踪。我一刻也不放松地把目光投向窗外，村庄、集市、河流一格一格从我眼前闪过，仿佛一部没有主角的长长胶片电影。有时晚上外面很冷，车窗也会上雾，我便假装看外面的风景，擦出一小块玻璃，这块玻璃就会照出车厢内的人物，我就看他们在不同的窗外背景上变化。这情形，与川端康成在《雪国》中写的一样。白天这样却不行，我往窗外看累了，又转眼看看车内，黑麻麻的人头望不到边，我想象着把车内的人物放上空荡的车窗，这样电影不就又有人有景了吗？但这样很难，我想着想着，就昏昏欲睡了。等我从梦中惊醒，车已经进入成都火车北站了。于是，我艰难地站起来，拖着酸麻的双腿让人流推动着涌向广场。

慢慢地，我对火车的了解也越来越多，慢车、普快、特快。有没有比特快更快的火车呢？取什么名呢？我有时遇到火车也会想想，飞快？最快？更快？就在我没有想出个头绪的时候，新的名字终于来了——动车！为什么叫动车呢？能动的火车吗？应该不是，我去查询了下，原来动车的每节车厢都有动力，以前的火车应该叫列车，只有车头有动力。我们小时候也玩过开火车的游戏，几个小孩排成一列，后面的双手抓在前面的肩膀上，头埋在前面的后背上，然后车头一声鸣——这列火车就一齐叫着哐当哐当在院子里面到处转。有时大家步调不一致，前快后慢或者前慢后快，大家伙都要东拉西扯地摔倒在地，弄得满身都是泥灰，然后大家哄笑着起来拍拍灰又结成一列，仿佛变形金刚，又哐当哐当地开向下一个角落。现在看来，这就是动车的雏形，这个快慢协调的难题，也还是现在动车的技术瓶颈。想不到，我们小时候玩的就是高科技！我女儿五岁的时候，为了让她开开眼界，我们专门买了南充到营山的动车票，上车后，感觉进入了星级宾馆一样，干净整洁舒适，安静安全快捷，再也没有原来的哐当之音了，当年的难受如今变成了享受。

火车上的乘客也在慢慢改变，当年扛着蛇皮袋、翻窗挤车的场景已经不见了。更多的是拖着带轮的旅行箱，衣着讲究的旅客。我偶尔也赶过几次绿皮的动车，里面虽然人多一些，空气差一些，但与早年的列车也有天壤之别。也许是一路太寂寞，路过交叉路口或者隧道时，动车也要长鸣几声，学着乡下的牛叫。也许，当年火车带走了村里不少的男男女女，现在他们都远在他乡，火车仿佛一个熟识的老友，经过村庄时，不时要向村庄打招呼。也许，有一些早年离乡的男女，再也不会回到曾经生活的这片土地，只有请火车回家帮着喊叫几声或许已经长眠在村庄里的爹娘……

　　年复一年，我的年纪越来越大，我的步子也会越走越慢，然而火车却越跑越快。因为，火车永远年轻。

蓉

在成都遇见的女子，或许都应该叫她蓉。

在这个取自花的名字的城市，每一个姑娘都是从后蜀芙蓉枝头飘飞过来的花瓣。

去年十月，在成都又遇见了一个叫蓉的女子，她在蜀后的院落间让明眸皓齿这个词语更加鲜活生动，软软的成都方音从她红红的唇间飘散过来，一种甜甜的味道便四下弥漫。这是一种让我惊异的注视，甜居然也能被视觉听觉捕捉，味觉的对象成为视听的猎物，这肯定是先人们在造字时意想不到的一种结果。一次次在蓉城遇到叫作蓉的女子，便更觉得成都是一个女性化的香艳之都。这些叫蓉的女子，只不过是这个叫蓉的城市的一种更加形象具体的展现。

借花之名相称的城市不少，但是，能与蓉媲美的寥寥无几。没有哪种花能比蓉更充满母性的意味，也没有哪个女子的名字比蓉更加贴切温软。蓉，天生就是为女性准备的一个字。

不管是哪个城市，美女无疑是那个城市最靓丽的名片，无论是土著的还是舶来的。成都名冠天下或许也是因为美女如云，一年四季，半靠在春熙路的长椅上，打望来来去去的美女的不在少数。也许正是有越来越多的人喜欢坐在街口窗台，捧杯清茶，等待着与那些是蓉非蓉的女子相遇，所以才让成都的茶楼酒肆生意长盛不衰。在街口打望，需要一种姿态，没有哪个会直勾勾地盯着一朵朵来去的花，都会找个茶座酒吧，泡杯清汤寡水的茶或者红红绿绿的酒，佯装品茶酌酒，实则在茶水之外品味成都的女子，于是，一种由姿态和心情坐成的闲情便慢慢成风为俗了。成都的闲情逸致，就是在这样的情节中更加浓郁和悠远起来的。

成都女子的声音尤其的软，尤其的婉转，在这样的音韵浸染下的男人，没有一个不是耳根软绵的，没有一个不是心思细密的。不能不说，从汉代辞赋大家扬雄到李白到"三苏"到郭沫若、巴金等，都是在这方绵绵软语中文思喷薄、才华横溢的。有人说江南多才子是因为江南多水，才使江南才子绵延不绝，那么，成都的绵软方音，则是巴蜀间另一种风情独具的水，承载着这一方浓厚的才情。不少异域的才子，都为了这份柔，不远万里，不辞辛劳，或骑驴，或假舟，踏遍巴山蜀水，经剑门夔门慕名而来。蓉，是才子们心中永不凋落的那朵香艳之花。诗书和韵事，则是才子们留在成都永恒的背影。

成都本地的男子，耳濡目染，将这种软绵绵的声音化为闲情和才思。然而，从异域过来的男人，一般很难在这种软语中再次雄起。最典型的莫过于后主刘禅，早早地从异乡过来，却一步步从一个软耳根的男人变成一个软骨头的皇帝，把父辈当年的金戈铁马和霸业宏图全化成绕指柔抛在脑后，从此留下千古笑柄。或许，温软的成都，只是孕育才子的胚。

蓉，是芙蓉的简称，是一种材质疏松的树，却能开出风情万种的花。我老家屋后就有一棵，树干有碗口那么粗，灰白的树梢长满宽大的叶子。一到夏天，枝头就伸出一个个花苞，在不经意间，那些粉红的花苞就已经悄悄绽放，开放的花朵比碗口还大，鲜活嫩红，仿佛一张张笑脸。我们时常爬上那棵斜长的树，摘下大大的花盘，别在胸前，三五个男娃子走成一行，当英雄的队伍。有时也让女孩子配合，一男一女佩戴芙蓉花，玩结婚的游戏。

当年，芙蓉盛开的时候，我们不知道已经有人以它为名，也有城市借它为名，更不知道这种花早就名入典籍成为世人时常传颂的词语了。每年夏天，老家后门外池塘北面的那棵芙蓉树会开出粉红的花团，池塘南面的那棵杨柳也伸出绿绿的长枝，多年之后，我听到"芙蓉如面柳如眉"这个词语，倒有点惋惜，当年为什么没有想到把那些蓬松的芙蓉花系在柳条上呢？或许，我们会从中看到一个个绝世佳人。

我家的池塘后来因为修路填了。芙蓉树喜水，池塘填后，芙蓉树移栽到另一个方位，没过多久就枯死了，那些干燥的枯枝烧火做饭，燃得倒十分起劲。我折断那些光滑的枝条，伸入红红的灶膛，根本没有想到过这些枝条曾经开出了美丽的花。那棵粗粗的柳树也被砍下烧柴了，散乱的柳枝摆了一地，几天过后，就沤成了乌黑的烂泥，从哪里都看不出世人时常牵挂的柳叶眉。鲜花到朽木，荣枯与开谢都在转眼之间，在世事与岁月面前，没有谁经得起多少折腾。

树犹如此，人何以堪？自古美人如名将，不许人间见白头。当年我家五口，其乐融融，父母每天在繁重的农活中盼望着我们早日长大，我们也在破旧的老庙里读书写字，想象着书中的美好未来，我们都在梦想理想的追求过程中一天天成长。终于，我们长大了，姐妹都远嫁他乡，我也走出了那个偏僻的穷山，在小小的县城安居乐业。我们几姐妹都各自有了家，又都开始养育着自己的下一代，父母则像两个候补的队员，哪家缺人手就到哪家帮忙。原来一家五口的单纯日子，如今则成了必须面对和平衡的三个家，婿或者媳们烦琐的家事也让父母大伤脑筋。老家的房屋不得不时常关门上锁，那些熟悉的竹木院墙，只有让它们独自守家了。

没回老家快十年了，池塘填了后，芙蓉与柳树也相继枯死焚烧，女儿今年四岁，还一次都没有回过属于她的家乡，即使她回去，也看不到我当年的老家了，早年的生活便成为我独有的记忆。如果不是在成都遇上那些个叫蓉的女子，我或许也不会记起老家的一草一木，更何况，这些草木早已成灰。

蓉，盛开在都市，则一路活色生香地进入诗篇和韵事，让那些才子们一代一代地传扬和描摹。而蓉，生在我穷酸的乡下，只有当柴焚烧，不会有多少故事演绎。在都市看到的蓉，是远远的一个不食人间烟火的梦，然而在乡村的蓉，只是一个柴米油盐的俗世。

在这个名花贵木充斥的城市，还有几棵陈年的蓉在开放？在这个蒿莱遍野的乡间，叫蓉的，或许只有那些让人觉得是土得掉渣的女子了。那些叫蓉的女子，终将如同老家的草木，要么灰飞，要么烟灭。但是那个叫蓉的城市，总会有叫蓉的女子一代一代地来传扬，我老家的蓉和蓉的故事，只有如此立此存照了。

想起蓉，想起我永远不再的乡下时光和两个异样的世界。

八月桂花雪

大院里有不少葱郁的树，我一直不知其名。

傍晚时分，见有人提着小竹篮在采摘满树浅黄的小花骨朵，还有人轻摇着树干，然后拾掇着树下薄薄一层雪样细碎的花。一打听，才知道这是桂花树，那浅黄的星星点点的就是有名的桂花。

老家二叔门前有棵桂花树，在我堂弟考上大学那年，花开得特别早、特别多，同村的人都说这是吉兆，是好运要到来的象征。我在外地，那年的桂花我没看到，就连桂花树我也没能去看，只是母亲经常提到，我也一直没有机会看到那树和花。我想，桂花应是红彤彤的，如霞似火，很喜庆的那种吧。

每天都要在这院子里走几次，窗户一开，翠绿逼人，这么多年了，竟然不知道这就是多年念着的桂花树。

桂花树，是那么的不张扬，宛如一个内敛的女子，默默地，在一旁垂手而立。今天发现了桂花，可能是闲下无事的缘故吧。"人闲桂花落"，在我终于感觉到她的时候，可她已悄然飘零。这却如传说中凄美的恋曲，在蓦然回首之际，却也是花落人离。

桂花异常清香，人们常采集了去酿酒，酿出的便是桂花酒。我想，嫦娥、吴刚应是常饮桂花酒。桂花酒应属于得愁善病的忧男怨妇，应属于才情双绝的才子佳人。桂花酒不应在喜庆时痛饮，应在秋高月明之夜，蘸着离愁别绪轻吟浅酌。那淡淡的芳香，谁说不是淡淡的忧郁和相思，谁说不是诗人最好的灵感。桂花，其实就是八月里那芬芳的轻愁。

　　桂花浅黄，如雪，就那么静静地轻谢一地，圆圆地绕着树撒了一圈，在八月这个季节，让人想到中秋的圆月。那中秋之月也正如这一团浅黄的桂花雪，静静地依在树梢，宛如楼阁里幽怨的女子倚窗回首。桂花，雪一般悄悄落下，它的魂带着轻香融入淡淡月色，在浅黄轻香的月色中，桂花的精灵慰藉着每一个相思的人。

　　桂花如雪般的忧郁，就那么静谧地带着幽香谢落了，让人在八月里分外善感多情。

莲的隐喻

夏至，莲开。冬至，荷残。

年复一年，世复一世，莲花都盛开在文人的笔下、摄影师的快门声中、往来过客的流眸里。于是，莲便以各种姿态深入人心。

但细细想来，《阿莲》《爱莲》、忆莲，品味一支歌、一首诗、一个女人，都不及深入莲田，看每一朵莲花的开，听每一粒莲子的落。

家乡莲花博览园的莲，与清华园的莲没有两样，且比清华园的莲更有气势，更具豪情。朱自清先生在荷塘月色中走过，才思漫过长夜，莲花还是照旧凋落，香消玉殒，一时美景，一代才子，终就敌不过岁月的淘洗。周敦颐一首《爱莲说》，横亘历史，直让千百年后，无谁能如此再次说说。可是，莲的解读，是否已经终结？

一年年深入莲博园，一次次远观近触，在一枝万朵间，吟哦古今中外莲的名句，等候或将遇到的书外新辞。

一层水线，把莲的世界切分为二。水下的藕深居泥土，甘心做最基层的民众，脏也好，臭也罢，都默不作声，努力地把一个个子女送出底层，一支支健壮的身秆经过一个冬天的培育，终于冲出淤泥，脱水而出，于是莲叶和莲花便在尘世开始了各自的生命旅程。莲叶高高低低，把莲田抬高过了人头，仿佛一块巨大的翡翠。在这方绿洲之上，星星点点的花高过莲叶，次第开放，心样的骨朵，笑靥般的花盘，在整个夏天，莲的盛宴从不散席。世人赏莲，或跑马观花，或品莲入腹，我静静走过莲田，心里不禁蓦然一惊，莲的生命历程，如此坦然自若，或许我们多年以来，很少细细品读，似乎还有许多需要再次领悟。

藕的儿女，从水中独自走向天地间，是叶的，就像叶一样在尘世经过，是花的，也像花一样经过。但在同一个夏天，叶与花的命运却如此不同。叶，从泥里冒出来，卷曲着柔弱的身体，小心地试探着满是斑纹的脸，在繁花茂叶下卑微地生长。而花则不一样，一出水面，就受到诗人们的青睐，小荷才露尖尖角，早有蜻蜓立上头。莲花一天天长大，世人的目光也就一天天注视，然而那些慢慢展开的叶子，几乎无人在意。我曾细细数过莲叶的经络，以二十二条居多，我不知道，这是否是世人的一个未解之谜。莲花开放，莲的盛世就随之而来，世人无不胜赞花的美艳动人，比如女人，比如君子，赞誉之辞，古今不绝。花期一过，花瓣凋落，莲蓬又接过花的担子，继续在枝头演绎下一段节目，直至莲蓬干枯，莲子掉落。然而，此间，莲叶一直宠辱不惊，静观尘世炎凉。

莲花的一生，经过美艳、追捧，然后枯老直至颓然委地，而莲叶一直安然如素，静静度过。从花开到花落，其间不过十日，这灿烂的开放，转瞬的凋落，短短的一生，仿佛人世荣华的演变。

莲花与莲叶的身世，何尝不是世间两种人生。花开花落，繁华落尽，而叶却一直如此安然恬淡，默默陪伴地下的藕过完身心相通的一生。叶有叶的坚守，花有花的命运，既然选择做一片叶，就要接受平淡的生存，如果选择做一枝花，就要承担命运急促的起落。

看身边那么多如花美眷，看身边那么多荣华富贵，他们的身世怎敌一片莲叶的淡然。一步一莲花，一叶一菩提。夏日品莲，清气清神清心，冬日观荷，悟天悟地悟世道。

成都的月光

刚跨出锦江宾馆地铁站出口，一团白影就扑面而来。

在熄灭的路灯前方，一块欠圆的白纸片粘贴在浅蓝的天际，引人注目。谁？我仔细分辨，确定那不是太阳或者别的不明物体，是月亮的身影。在成都时常看到类似的太阳，雾霾较重的早上，太阳如一块没被遮住的灰白洇记，远隔在尘世之外。但今天晴朗通透，吹面略寒的杨柳风让清晨的月亮显得更加冷清。到成都生活快四年了，头一回看到月亮，竟然是在浑身微汗的光天化日之下，着实意外。

只要赶在早上八点前出地铁口，孩子就能准时到校，我也算完成了一天的头等大事。孩子到校后，还有一个小时才到上班的时间，我便变换着线路往办公室走，顺便感受一下这座陌生的都市。等几条路线都走熟了，也就了无兴趣，便揣摩起这多年不见的不速之客。如同好友相逢总是说胖胖瘦瘦，我又仔细打量天边的月亮。它孤独地依附在锦江宾馆上方的树枝旁，面色灰暗，眼无神光，疲倦得如同刚下夜班和急着上早班的行人。是谁把"月上柳梢头，人约黄昏后"的场景布置反了呢？我再看看月亮的脸，也不圆润，凹下去一些，是缺，正如台湾女歌手孟庭苇曾经装成失恋的人在大街小巷幽怨地絮絮叨叨"你看，你看，月亮的脸偷偷地在改变"。如果把月亮的缺叫缺陷或缺点呢？这一个念头竟让我心里一惊！月亮有缺点吗？我细细琢磨，终于明白，这其实不是月亮的缺或者缺点，而是地球的影子，或者说是地球的缺点。地球遮挡住了太阳照向月亮的光，让月亮承受着灯下黑的误解。然而，这个误解或者说委曲竟然让月亮背负了千万年，而且还将继续。苏东坡先生也说"月有阴晴圆缺，此事古难全"。但是对于一个懂天文地理的来说，月亮一直都是圆满的，只是因为我们站在了地球上。一个简单的天文现象，要转移到文学层面来解读，二者之间有多大的隔膜啊！文学上千万年难以解开的扣，天文学却如此轻松。估计还会有不少人认为，月亮的阴晴圆缺是月亮自己的脾气，高兴了就会皓月当空，寂寞悲伤时便月如钩，可是谁又认真计较过这阴晴圆缺其实是地球庞大的阴影呢。就好比一个男人或者女人，总觉得对方的身上有不少缺点，可能他们万万没有想过，这些缺点其实只是他们自己的阴影。月亮的缺点是地球的影子，别人的缺点是自己的影子。当我人到中年才明白这个道理时，竟感慨万千。

人们在发现月亮的阴晴圆缺与人的悲欢离合自古如此的同时，也发现了月亮的阴晴圆缺定期到来，于是智者发明了"月"这个计时单位，以月亮周而复始的阴晴圆缺作为记录时间的依据。就这样，月亮再也洗不清自己身上的缺点了，永远被推到古难全的罚站台。但是月亮从不辩解，它本是漆黑一团，太阳强加给了它光亮，地球强加给了它阴影，让它永远摆脱不了阴晦明暗。太阳与月亮的一次升落，为一日或一夜。其实这也只是远古时期地球人的自我感觉，他们不会认为自己站的地球也在转动。在人们静观太阳或者月亮再次出现时，其实地球已经自转了一周。在这一段时间中，不是太阳或者月亮绕地球转了一圈，而是自己在地球的转动中，又看到了太阳和月亮。太阳的形状日日相同，于是太阳只能通过升落计日。月亮除了能与太阳此起彼落地升落，还因为地球在太阳与它之间有阴影的投射，于是这个属于月亮三十日的循环周期便叫"月"。"年"呢？天文学家说是地球绕太阳公转一周的时间，但是，我想，在远古时期，人们肯定没有测量地球绕太阳一周的过程，他们只是用草木的荣枯来作为一年的时间。其实草木一岁一枯荣也正是地球与太阳在一个周旋中的表现。至于更短的时辰，则是借助太阳下的影子来测定的，日晷便是这样的工具。所以，月亮在偶然间，因自己的阴影，成为人间计时的依据。

看月亮，除了它的形状，就是它的光芒。在清晨的大街上，路灯都熄了，月亮的光自然也是多余或者无力的。随着天光渐亮，月亮的影子越来越模糊，我们连它本身都快看不到了，更别说它给我们照射过来的光芒和温暖。夜晚才是看月光的好时候，然而，在高楼林立、灯火辉煌的都市，月光哪有机会照下来呢？转朱阁，倚绮户，照无眠的已不再是月光了，而是可以随便掌握变换的灯光，在这样的光亮下，难得有什么新的感受。只有一个傍晚，在走出地铁，偶然发现一轮巨大的满月挂在楼缝间，红彤彤的，网上一查，才知道这叫超级月亮，但是看到如此巨大的月亮以及会导致地震的网络传言，我却有几分恐惧。

虽然多年没有看到过月亮，但是，我知道它一直都在我们头顶默默地看着我们。即使是白天或者夜晚偶然出现一刻，虽然不像早年乡下的样子，但是我知道，它一直沿着自己的路在走，就算是再也不用看它的阴晴来计时，就算关于它的一切已埋入故纸堆，但月亮的清辉会永远挥洒大地。

天府周末

从十八岁到川北深山中当乡村教师算起，我到百里之外的成都足足花了二十年。这当然不能算长，我只是非常幸运，还有许多兄弟仍把成为这个都市的常住人口作为理想。其实，这在比我们晚生五年以上的年轻人看来，这种想法真不可思议，但事实的确是这样。在一个新的城市开始新的生活，现在非常方便，特别是那些刚毕业的大学生。我老家也还有个村民，他一年到一个城市打工，几年下来，几乎把全国的省份走遍了。然而这些，对我和许多像我一样的人，是十分难得的。

早年我到成都参加论文答辩，小住三日后带着"锦城虽云乐，还需早还乡"的怅然回到那个孤寂的乡村小学，当年也曾有一丝幻想，但转念又一笑了之。现在回想起来，"梦想假如实现了呢"这话当年没有如此走红。一晃，二十年过去了，当我从一个激情飞扬的青春少年变成心如止水的市井俗人时，成都的大门居然向我打开了。这情形，好比一个差不多快遗忘的初恋情人突然伸来了双手，多少有些幽默。

到成都快一年了，深深体会到"白居不易"。一年前在小县城，从不考虑柴米油盐，如今，成天只考虑柴米油盐。当然，平日里还没有多少时间专门想这些，只有周末才抽空关心粮食和蔬菜。一年五十二个周末，减去一半回家探望儿女，再除去加班的十三个，属于自己的周末只有十三个。我细细算了一下，这十三个周末是如何在成都虚度的呢？其间有四个周末体验了一把"滴滴""优步"生活。起早摸黑，迟一顿早一顿，一天的收入也就只够一次乱停乱放或者不按规定路线行驶的罚金，而且还不能闯红灯，更不能被"钓鱼"的乘客带进运管们的埋伏圈。虽然这四个周末就如此虚度，但总算弄清了成都的东南西北，也搞懂了成都人为什么脾气总是不急不躁，一长溜尾灯像两道红红的灯笼，多少也有点节日的喜庆，与其干着急，还不如摆会儿龙门阵。后来，觉得这样在大街小巷担惊受怕、耗费时日，不如回家看看圣贤书。

余下的九个周末，再扣去睡懒觉的两个，就只有七个周末了。其间遇上成都少见的冬日暖阳，便去逛逛人民公园、杜甫草堂，到川大去看黄叶漫天的银杏。又有少年宫组织公益活动，便跟着孩子去参加亲子游。偶然得知有惠民演出，又买上二十元一张的票看看歌剧或者话剧。见有单位组织名家大腕前来讲座，便做贼心虚地蹭蹭课，讲座会场后半截大多是空空荡荡的，主办方的工作人员十分感激我充当了一名听众，其热情往往让我受宠若惊。这样一来，一年就只余下三个周末了，要我如何安排呢？

每天步行上班途中，如果心闲，我也会想一想，成都的优点到底在哪里呢？一直也没有想出个子丑寅卯。

无意中点点手机，发现周六下午成都图书馆有流沙河先生的讲座，我看讲座地离租房地也不远，于是早早地计划前往。到达演讲厅，阶梯会议厅已水泄不通，多是中老年人，父母带小孩来的不多。头一次听沙老用四川方言给大家摆杜甫的龙门阵，两个小时中，八十多岁的沙老没咳嗽一声，也没喝一口水，不得不佩服这台老发动机性能之好。整个下午，沙老给大家摆了杜甫的四首诗，总共不过三十多句。看来，成都人喝茶摆龙门阵的水平的确不同凡响。散场后四下转转，在石室中学门外向里望了几眼，得知这竟然是世界最早的一所官办学校。逛到另一栋楼上，偶然发现早年认识的一个大学讲师在教小学生排练儿童剧。

回到出租屋，靠在床头，窗外一幢幢玻璃包裹的高楼又开始霓虹闪烁，眼看周末就要结束了，我终于平静地吁了一口气。

下周末成都图书馆有阿来先生的讲座，再下周周末有周啸天先生的讲座，然后就到元旦了，这一年就将永远地远去了。

乔布斯曾说，如果有可能，他愿意拿出所有财产去换取和苏格拉底相处一个下午。那么，我们还有什么放不下的呢？哪怕是为了眼前的这两个周末。

第二辑

风过三月

我的大学

师范毕业，我回到了家乡，在一所偏僻的乡村小学任教。那年我十八岁。

当我独自一人背着行李走向深山深处学校的时候，我的脚步很沉重，我不敢想我的梦想。学校前树丫上挂的一截铁管做的钟，老远就迎接我了。从此，钟和我的声音此起彼伏，年复一年。就这样，我便成了那棵粗大的苦栗树上的另一口钟了。

学校只有我一个教师住校。放学后，学生们都回家去了，剩下我一人忙碌着做饭、改作业，有时也砌墙盖房、挖地种菜。日子就这样在深山中悄悄流动着，不易觉察，只有那截铁管一丝不苟地用声音把时间切断，然后一丝一丝带走，没有半点痕迹。那棵苦栗树不知长了多少年，浓密的枝叶把一间教室遮了大半，那截铁管也不知挂了多久，锈黑的铁丝已嵌进树干深处，在斑驳的树干上勒出了一道古怪的深沟。

学校老师们轮流着值周，值周教师的主要工作就是按时敲钟。拿着小铁锤敲打那截铁管是学校最神圣的工作。那个不知从哪里找来的小铁锤的手柄都被握得异常光滑细腻了，夏天握在手里冰凉冰凉的。起床、上课、下课的铃声各不相同，进校的人首先要熟记这十多种铃声。我也是在当值周教师后才彻底弄懂了这些不同节奏的敲击的真正含义。当我把铁锤重重地敲打在铁管上时，强烈的金石之声把我的耳

055

膜震得嗡嗡直响，过了许久，我才改掉掩耳敲铃的习惯。

学校大部分教师是民办教师，乡下还有田有地，他们经常要回家耕种。我偶尔会听到学校周围有人背后奚落道："当天和尚撞天钟，当教师咋还天天回家种地呢？"我没有地种，天天都待在学校里，其实更多的是为了躲避母亲转弯抹角地问我什么时候才能找到女朋友这件事，看到母亲忧郁的眼神，我就感到异常烦躁。我有时也不得不想，我会在这里待多久，这一生是否就这样一直到头。但，我还有我的梦想。

孩子们都住在学校背后的山上山下或山的那边。孩子们放学回家后，我常常独自在门口看远山、白云，也看书，等孩子们再来。夜里，对面山坡的灯火和犬吠在黑暗中愈加清晰，可是，我的耳朵里总有类似鬼怪的歌吹，让我在惊悸中一再失眠。每个失眠之夜，我总是一再地把头蒙进被子，只露半边耳朵捕捉墙外每一点异常的响动。结果，这竟然让我的听觉锻炼得十分灵敏，以致任何一种声音，只要听过一次便一直能准确辨别。

星期天或雨天，孩子们到校不齐，我便停下新课，给他们读诗歌、散文、小说……我知道他们不会懂得太多，我尽量读慢、讲简单。孩子们总爱听，我想，他们是会听懂的。

班上二十多个孩子，冬天瑟缩成一团，让人想起农家的母鸡和小鸡。看着他们不合身的牛仔裤、夹克衫和现代色彩浓郁的成人衣衫，就知道他们的父母在南方或北方的某个城市流浪。一到上课时，每件衣服又重新在泥水里裹了一遍，每个脸蛋又重新蒙上了一层细细的尘埃，但没人会在意。因为每一片污渍，就是一份欢乐的痕迹，每一粒尘埃，就是一份不易注释的成长的印记。山里的孩子就在如此的贫乏中丰富地生活着。

四年里，我自学完了中文专科和本科的课程。在与孩子们的玩乐中，我坚实而平静地迈出了人生的第一步，奠定了我人生的基础。当我请假离开学校，走过一百多里泥泞山路，再赶车到成都参加毕业论文答辩的时候，我才第一次踏进了梦寐以求的大学。当我以主人般的姿态走进那花木掩映的校园，坐进其中某一间教室的时候，我还一直在琢磨这神圣殿堂的神秘之处。答辩结束后，我独自来到最高的一幢教学楼上，看着烟雨迷离的校园，心里闪过一丝隐痛：大学对于我，只是一次匆匆路过的风景，而我对于大学，也只是一个只有两天机会的过客。我在校园里四处转悠，几乎走遍了每个角落，记下了每一幢楼的名字，记下了每一棵树的解释，然后在校园书店买了一本书。回到学校招待所，我在那书的扉页写下"锦城虽云乐，还需早还乡"，权当作"到此一游"。随后，我收拾好东西，准备回到深山深处我的那所山村小学。当我跨出大学校门的时候，我知道，真正的大学将是我永远梦想着却永远也不会实现的梦想。我回过头去，最后深深地望了一眼这所唯一同我有点牵连的大学，我知道，当我转过身来的时候，这所大学的记忆只能变成我人生篇章里的某一段文字，如同一枚无形的精美书签夹在两个鲜为人知的页码间，然后慢慢淡忘。

　　后来，我调离了那所乡村小学。为了躲避学生们留恋的目光和老师们羡慕的嘲讽，我在一个空荡的下午独自离开了我的学校。又像当年一样，当我背着行李走出大山的时候，我的脚步很沉重。我不想评论我是一名世俗的逃兵，还是一名冲出命运樊篱的勇士。我在山路上走出了很远很远，但还是听见了学校传来的钟声。这四年，我把人生最美好的青春绽放在了这片山野，离开的时候，我却异常平静，这是我四年来对生命的思索所练就的另一种麻木。

　　在我走后的第三年，那所乡村小学由于学校布局调整，只留下了三个班，空下了一大片校舍。再后来，听说有人在里面养鸡。我不知道，我住了四年的那间小屋现在是个什么模样。

当我走进另一所中学再考调到县城机关的时候，有人问我是哪所大学毕业的，我想起了家乡小学的那个地方，叫麻溪寺。

风过三月

三月，走在前面的是风，中间的是桃花，后面的才是我，于是我经常错过。

农历三月，下过几趟春雨，被雨水清洗过的阳光格外明丽。走上大街，路边那些穿上春装的树光彩照人。捂藏了一个季节的人们全出来了，公园、街道，全是来来去去的欣喜身影。

随后，拜访桃花便成为最好的理由。由于去年是个冷冬，今年的桃花来得特别迟，不少性急的人早早地上了山，守候桃花。桃花终于迟迟地到来，让久等的人们觉得她完全是个工于心计的女子，故意在约会的时间迟到。桃花依旧不言不语，花下却少不了成群结队的来访者，于是，这个春天终于完整。

然而，在我上山的时候，桃花早已谢了春红，已经匆匆地擦肩而过，我于是又一次错过。桃花已经走远，风也当然只能是记忆中的了。

记忆中，三月的风的确让人刻骨。当年我还在乡下教书，那个春天也来得突然，当我在校园里不经意抬头时，高大的榆钱树已经打上了绿伞，嫩绿的阳光透射过来，还有点晃眼。我住的寝室在一排低矮瓦房的拐角处，风顺着墙根一路过来，正好冲向我的屋子。屋子转角一边是两间幼儿园的教室，另一边是几个老师的寝室。

在秋冬有太阳的时候或者夏天没有雷雨的时候，老师们都要搬上把藤椅坐在一起闲谈。然而，在榆钱上梢的时候，那个小坝里没有一个人。当然，主要是因为风。风顺着对面一长排教室墙根猫腰过来，突然没有了去向，于是搅得尘土飞扬，大家都躲闪不及。我待在屋子里，把窗户关得紧紧的，但仍能听见风从门缝里挤进来的声音。那间屋子有一个塑料布做的顶棚，遮灰挡土的。在无风的季节，过两三周，蚊帐顶上盖的白纸上面都有一层均匀的微黄细灰，用手轻轻一划，纸上便会留下一道洁白刺眼的指痕。我经常把纸取下来抖抖灰，然后又放上去。

然而，那年三月间的风来得让我始料不及。有时我开门去上课，一开门，风砰地吹开门，又在顶棚上震下一搓细土。我使劲关上门，待下课回来开门时，门又呼地把门吹开。这倒没有什么，让我心悸的是，只要门一开一关，屋内半空中的塑料顶棚便要粗笨地吆喝一声，然后上下抖动，于是墙角便有聚积着的细沙簌簌往下掉。我不得不每天扑打着满桌子的灰。所以，我特别怕风，每次总是小心翼翼地打开一个门缝，紧紧拽住门扣，当自个儿从门缝中挤进挤出后，便迅速地把门关上。由于地板比较潮湿，窗户也用报纸蒙得严严实实的，后来与同事开玩笑说："我有个特点，就是怕风、怕光、喜欢潮湿。"惹得大家哈哈大笑。

这样过了些时间，觉得会平安无事了，然而，风却丝毫没有懈怠的意思。我记得是一天夜晚，我从睡梦中惊醒，屋外山坡上的草木被吹得呜呜直响。头顶顶棚上的老鼠也吓得跑来跑去，笃笃笃笃的脚步声一路直来直去，我晓得那家伙根本不会拐弯。突然，门当的一声被吹开了，我吓了一跳，大吼一声："谁?"使劲看过去，原来是风把门锁吹坏了。我赶忙起身把门关上，再拖张桌子顶紧，但仍听到风在门外拥挤地叫嚣。但是我却安然睡去，仿佛听到顶棚有一个角已经脱落。

第二天天一亮，我抬头一看，整张顶棚全斜挂在屋子半空，从缝隙里可以看到黑油油的椽子和成片缀满灰尘的沉重蛛网。于是，我借来长梯、钉锤，花了一个中午的时间把顶棚草草还原。还找来厚纸片，用钉子钉在门框上，关门开门都要使很大的劲，于是终于将风抵挡回去。

在第二年春风还没有到来的时候，我便离开了那所学校。其实，我在那次风来之后，一直在想，是风在逼我走吗？

之后，我回去过一次，寻找当年的老屋，但早已粉刷一新，住进了我不认识的人。

每当桃花要开的时候，我便寻找当年风的影子，结果都只找到早年的前尘往事。

绵雨微恙夜读书

川北的雨季总会如期而至，每年初春或者初秋都会有几天连绵阴雨。在农村，几天不放晴，路上便泥浆四溅，只要一出门，就会弄得满身泥水，远远没有"杏花春雨江南"或者"撑把油纸伞独自彷徨在悠长而又寂寥的雨巷"那样如诗如画。淅淅沥沥的绵雨一落下，便是三五天日夜不歇，听着那些雨点懒洋洋地打在房顶上，嗒嗒的声响时起时落，时间也仿佛慢了下来。

雨季来临，乡下人睡懒觉的好天气就到了。

绵雨落下，天也跟着冷起来，人们便缩手缩脚地四下寻找火堆堆钻。烤火要烧不少柴火，多数人家都舍不得，于是干脆蜷在被窝里不出来。山里静悄悄的，一连几天只有单调的雨声一丝不苟地传过来，任何人都抵挡不住这种催眠，于是一睡就是一整天。

睡懒觉是一种无上的享受。在乡下，没有什么事是不得了的，日出而作，日落而息，年年岁岁拾掇那块巴掌大小的土地，一天就能把一辈子的事想清楚了，所以乡下人睡觉特别安稳，睡得无牵无挂。

我在乡下时，也经常是睡到自然醒来。我喜欢在深夜看书，自然早上也是从中午才开始。如果天晴，或多或少家里有点农活要做，在睡梦中被喊醒是件非常痛苦的事。于是，我便喜欢上了绵雨的日子。雨季来时，也正是农闲，没有多少活路做，我便有机会睡懒觉。但是为了能彻底避免被打扰，最好再有个感冒或者什么小病在身，那是最舒服不过的了。说来也怪，每年春秋，我都会患感冒，一来就是一周，这七天，可以说是我最难得的黄金周。

小时候，绵雨一来，我便感冒了，喝下母亲熬的红糖姜汤一睡就是一天，全身捂得汗水淋淋的，而且还头昏脑涨。第二天，全身无力，可是头脑却异常清醒，光躺在床上听雨下的声音最无聊，我知道蚊帐后面有一个书架，手一伸就可以够着书。我穿上衣服，支着枕头，靠在床头的墙壁上，把书架上新的旧的书一本接一本地看。当一本书还没有翻多少的时候，又到了点灯的时间。书里的世界远比窗外的雨声精彩多了，于是我便点起煤油灯继续。可是一个装墨汁的小玻璃瓶也装不下多少煤油，每次在灯花从通红到发黑直至在黑暗中落下来的时候，我才长叹一声合上书本，一伸腰隐入被窝，再等待第二个清晨早点到来。

应该说，我的阅读就是这样开始的，我喜欢阅读也是从这里开始的。乡下没有多少书，更没有电视、收音机，于是我便把村里有书的人家跑遍了，谁家有书，我便常找机会过去玩，全村的连环画我几乎看光了。然后我也开始喜欢与年长的老人打交道，听他们讲一些过去的故事。从老人口里说出来的东西，是我那帮小伙伴们永远都不会说出的。我与同龄伙伴玩耍的时间更少了，他们擅长的各类游戏我都不会，他们玩耍都不找我，于是我也便只有找书看了。

在乡下教书那几年，我的空闲时间都是在读书，应该说是读有字的一切东西。有一年我到南充，在人民中路邮政局外的街口看到一个卖旧书的，那里全是些好东西。我一问价钱，一元钱一本，我欣喜若狂，于是满满实实装了一牛仔包，全是《收获》《十月》之类的杂志，在回家的车上，我想这一背东西够我消化一阵子了，心里无比欢欣。

那些发黄的杂志散发出一种特别的怪味，但里面的那些文字却透出一股诱人的芳香。由于上课，我一直遗憾没有时间静下来认真读一下那些书。

所幸的是，我终于在一个梅雨季节患上了感冒，浑身无力。于是我便向学校请假，一边喝着板蓝根，一边靠着稻草枕头，拿出那堆杂志，找个精彩的题目开始，然后再一篇一篇进行扫荡。我发现，一个好的题目下，不一定有个精彩的故事，一个看似平淡的题目下，或许隐藏着一个无与伦比的好故事。好比一个女人，仅凭一个美丽或者丑陋的脸蛋，是不能看出她的贤淑与教养的。在又一个病季，我翻完了那一大堆书，经历了一种又一种人生。我一直认为，看一篇小说，便经历了一种人生，虽然我只是孤独地生活在乡下，但我已经熟悉了五花八门的山外世界。

大路上不时会走过一些衣着光鲜看似斯文的男男女女，他们经过我所在的乡村小学或者是我家盖着破瓦的立木老房时，都会用一种上帝般的眼神打量着我，有的还饱含深情地说："农村真落后啊，你看，这些孩子、这些老师多么可怜。"对于他们的言语，我非但没有自卑和自暴自弃，反而觉得他们是多么无知。对于他们的怜悯，我总是淡淡一笑，说："那是，那是。"路人总是满足而去，如果他们中间有细心的，可能会发现我的眼神里说的却是另一句话。

我在县城上了三年师范又回到了当年上中学的村子，我很快便融入川北农村的男男女女中间了，走在路上，只有鼻梁上架的那副眼镜仿佛在注释此人可能识字。

回到村上，土堆后、池塘边又多出了不少光着屁股、流着鼻涕的男娃女娃，看着他们不时啼笑痛哭，我想，他们此时所乐所忧是不是与我当年一样呢？

在阴天或者雨天，我便翻出我当年买回的旧书，给孩子们讲书中的故事，让他们更多地涉足山外的世界，更早地懂得更多的东西。对于孩子们来说，这是一次全新的人生体验，对于我来说，却是一次深刻的生命回刍。

多年的阅读习惯让我变得更加阴柔和豁达。我几乎遇不着多少发怒的机会，我也几乎没有遇着过极度悲伤的时刻，这种状态，我不认为是一种麻木。面对周围日复一日形形色色的争吵决斗，我却熟视无睹，以致有不少人说："你这人境界难得！"

有一年，南充书法家到我县采风，朋友让书法家给我留幅字收藏，可是写什么呢？我琢磨了半天，静静地说出了四个字："至柔则刚。"

夜宿马蹄岭

那年夏天，我偶然走进了马蹄岭。

马蹄岭，一个极其普通的川北乡村，但有一个富有诗意的名字。念叨着马蹄岭、马蹄岭，仿佛看到了嗒嗒嗒嗒的马蹄声中那打马远去的英雄的最后背影。

沿着洁净的乡村道路，走进水稻、苞谷的领地，在热浪的缝隙，飘来田野浓郁的芳香。村道在矮山脚下蜿蜒前行，村民们传说那是当年张献忠最后一次入川行进的路线，在矮山那一边的那一边，英雄在凤凰山从此成为历史。路边的水稻远远高出田埂，一片一片次第展开，绿油油的稻田，是七月里最醒目的乡村标语。

日头在山梁乘了一会儿凉，把浑身的热气留下后也离开了，于是马蹄岭的仲夏夜便早早地到来。没有了车马喧嚣和灯红酒绿，马蹄岭的夜晚于是耳目一新。留宿在村民家里，主人一再道歉条件艰苦，没有城里热闹舒适，然而我却欢欣异常。在暖暖晚风吹拂下的静谧乡村，是一个多么难得的去处啊。

四下村民还未开灯，稻田里的蛙声便早早地响起，这是乡间最广泛的群众大合唱，让乡村的夜晚也如此的热闹非凡。偶尔夹杂几声蟋蟀的叫声，仿佛是那些调皮蛋唱跑了调。走在露珠悬挂的青草地上，不时看到一只只偷偷出来乘凉的青蛙或者蟾蜍蹲在石板上不停地深呼吸，想必是唱过了头。走过稻田，房舍边葱郁的树上歇息的知了夜以继日，拖着嘶哑的喉咙，不知疲倦地唱着卡拉OK。夏天的夜晚，除了唱歌，乡下的虫子们便没有别的爱好了。

趁着夜色，在田埂上走过，仿佛回到了童年。独自躺在路边温暖的大石头上，仰望满天繁星，这才觉得我们其实离宇宙是多么遥远。城市从来没有夜空，五彩的霓虹灯把天空隔在千里之外，让人们生活在一个封闭的花花世界。远离了自然和宇宙，人也慢慢地异化。看着多年没有数过的繁星，再从头细数，竟然找不着北斗。尘事纷纷扰扰，让人心乱如麻，可是抬头一看满天星斗，顿感人生不过白驹过隙，世间繁华不过过眼烟云，在那些星星点点的亮光中，人不过是一粒微尘。儿时的夜空，只是一个便捷的计数器，让孩子们学会数数。青壮年的夜空，竟然是一句深奥的人生格言。

下过几场大雨，沟渠里全是清凉的溪水，流水淙淙路过村庄，让每一个敏感的人惊悸，路过的哪里是溪水，其实是我们自己。在这个世界上，我们只是一次路过。古人时常感怀飘零的花朵、追忆西下的落日、痛惜远去的流水，其实，对于每一个细腻的灵魂，世间万事万物都是悲苦的源头。和风送暖，稻香扑面，此时此景我却心怀忧伤，是多么的不合时宜。然而，我却偏偏就是那不合时宜的一个。

夜晚渐渐凉下去的时候，四周全是天籁之声。四下农家的灯火次第熄灭了，大地在暖暖的微风吹拂下渐渐酣睡，只有晴朗夏夜的繁星点点闪烁。我慢慢走在久违了的乡间小路上，仿佛进入涅槃。

夜来闻香好著书

听说夜来香可以驱蚊虫，年前便在花店买了一盆。由于有支歌曲叫《夜来香》，是旧上海靡靡之音的代表，所以一直不敢恭维这种植物。

一株孤独的植物生长在书房外的窗台上，加之经常忘记浇水，它总是蔫塌塌的，和想象中那些穿旗袍的绝色女子差很远。我的书房很小，是由建筑方设计的厕所改造的，下水道就在身边的墙壁里，不时传出哗哗的流水声，似乎有股恶臭要穿墙袭来，影响我的思维。

书房其实不是看书的，里面有台破电脑，以上网打字为主。我每天一下班就哒哒哒地敲打着塑料的键盘，似乎听到了一个个金币的脆响。键盘每敲响几下，屏幕上便出现一个汉字，眼前仿佛又进出了一个面值不一的镍币。与任何一个打工兄弟一样，镍币的面值似乎成了时下用来衡量我们生活和劳动价值的唯一标尺。想起那些在流水线、矿井、深海作业的打工兄弟，我这种体力劳动与他们相比是多么的安全和舒适。于是，我便更加勤奋地在书房敲击出金币之声直至深夜。虽然也会遇到拖欠稿费，甚至恶意窃稿的厄运，但由于还不至于等稿费买米，所以也就没有类似农民工兄弟的讨薪之劳苦。每天夜晚，我在敲打键盘时，总会想起我远在南方的兄弟姐妹，我总想把我对他们的思念敲打进我的文字，在金币脆响之外，心灵深处的无声之音让我不敢懈怠，除了文字，我似乎没有别的能力安慰我的兄弟姐妹了。

久坐在电脑前，颈椎腰椎便忍受不了，在眼睛麻木的时候，便会仰头在椅子上伸个懒腰。一天深夜，正伸腰吸气，突然一阵浓香沁人肺腑，顿时让我神清气爽。四处看看，也没有什么异样，不知是什么东西。一连几天夜晚都是这样，我还以为是家人喷了空气清新剂。

一天中午，我在整理桌前杂物时，发现那株没人料理的夜来香已经在盛夏独自开花了。黄绿色的小花开得一簇一簇的，每一朵小小的花都开在嫩绿的短柄之前，并在长长的花冠前倒扣回四个或五个小小花萼，像一把把散发着幽香的油纸伞。看着这些不起眼的小花，我有点诧异，这也叫花吗？我凑近闻了一下，也没有味道，我甚至怀疑它的名字了。

夜晚，我又如期闻到了那浓郁的芳香，于是我再次把鼻子凑到那些小花跟前，真香！那些浓香果真是它发出来的。夜来香是名副其实的，难怪会让人在深夜的芳香里想入非非。我也不由得为上海的旧文人叫绝，夜来香，多么富于想象的名字，夜来香，多么富有想象力的上海旧文人。

情欲横流的旧上海，夜来香无可抗拒地成为一种文化的标识，它是多么的无辜。在物欲四溢、享乐盛行的时下，夜来香孤独地在墙角盛开，它浓郁的芳香让一个时常加夜班的码字工深深陶醉，这或许是一种难得的机缘吧。

夜来香，虽然难洗曾经的恶名，无意辩驳的它仍旧在五月的夜里独自开放，而曾经的歌台舞榭早已化为烟云。面对如此的沧海桑田、物是人非，夜来香仍淡定自若地开落。夜来香，其实是一个修养深厚的哲人。

古人对"红袖添香夜读书"推崇备至，认为是文人极乐的境界。其实，栽上一盆夜来香，或深夜抚卷，或通宵上网，远离麻将、长牌和酒精，与夜来香无言相对，这无疑是时下最难得的人生乐趣。

　　每夜，窗外的浓香果真熏得蚊虫远走高飞，我便清静地在键盘上不停敲打，与一个个夜游的词语在夜来香的芬芳里相遇、交谈。

纸下莫言

这几天高温，我中暑在家昏睡。下午两点过起床，惯性地打开电脑点开中国作家网，便看到第八届茅盾文学奖出炉的消息。获奖的这五位作家，我都看过他们的作品，感觉挺熟，他们得奖，也没有觉得诧异，仿佛是情理之中的事。不过，只有莫言，我却更加亲近一些，这份特别源自与他的一次素昧平生的相见。

三年前初夏的一个中午，我突然接到朋友的电话，说莫言到阆中了，还有讲座，问我有没有兴趣过去听听。这个时代，文学青年也不多了，我姑且还算一个，所以我那朋友应该是首先想到了我。我素来不喜欢追星，但对文字有一种特别的偏爱，在乡下的时候，没有机会看到电影《红高粱》，但细读过小说《红高粱》和相关评论文章，对期刊上关于莫言的简历也能一字不差地复述出来：莫言，本名管谟业，山东高密人………对莫言，我不光是喜欢他写的"我奶奶和我爷爷"的那个故事，而且也觉得他的名字好怪好记，"千言万语，何若莫言"。纸上的莫言非常亲切，眼前来来往往的那么多文字，只要是他的，总会特别留意。

在我的感觉中，名人应该都如猛虎一类，不可亲近。但是莫言来到身边，又不愿失去一次拜见的机会，我便小心翼翼地请我朋友代我请求一下莫言，说我们有个刊物想请他题字，看他意见如何。没想到，莫言竟应许了。我的朋友透露了莫言的行程和下榻的宾馆，我便约上我县的老作家丛地老师乘着夜色一同前往四十公里外的阆中。追星免不了要求合影和签名，我在县城买好一打宣纸、一瓶一得阁墨汁和未开封的一支狼毫，再带上相机，兴奋而又忐忑地向遥远的莫言靠近。半个小时后，我们到达了火树银花的阆中，作家一行还在嘉陵江上夜游，我们便在他们下一站的王皮影演播厅外等候。不一会儿，游船靠岸，一行人上岸走近，其间一个身材高大、前额宽阔的身影越来越近。"那就是莫言！"岸边的人纷纷指点议论，看来，莫言已经是家喻户晓了。在王皮影的小厅里，一行人例行观看完演出后，便起身回宾馆，莫言始终紧闭着嘴，看完后默默地挺胸而去，没有半句言语。

在朋友的指引下，我们来到他下榻的宾馆，敲开他的房门。一位面宽眼慈的大姐开了门，我们说明来由，她便请我们进屋。五月的川北，已经有点热意了，莫言在隔壁洗脸出来，我们再次表达了我们的请求，说我们想请他给我们筹划中的文学期刊题个刊名。莫言嘴角下垂没有微笑，也没有明确表示拒绝，他默默地开始了书写前的准备。近距离接触莫言，再次感到他高大魁梧，是个典型的山东大汉，反倒不像是个提笔写字的人，我想，这或许与他军人出身有关。同时他的眉毛眼睑与嘴角始终向下，仿佛沉默惯了。屋子里没有高一点的桌子，我们便在茶几上铺上毡子，再铺上纸，没有器皿盛墨，他便拿来烟灰缸，倒上墨汁，蹲在地上就提腕挥毫。我们请他写"南部文艺"，他先用右手写了一幅，自觉不满意，又用左手写了一幅，一气呵成，没有丝毫的拖泥带水。后来，我才知道，莫言在家也时常练习书法。莫言写完一幅，我们见他兴致还行，便又请他再写几幅。我们事先没有安排，一时也不知道写些什么，想想后请他再写了一幅"升钟湖"，并说以后的刊物也许会取这个名字。莫言询问了这三个字的写法，低头直写，用右手写了一幅后，一直用左手写。写好后，我在一旁小声说："我想出本散文集子，叫《在川北》，麻烦莫老师再写一幅吧。"莫言一声不吭，写了苍劲有力的三个字，并题名。我赶紧找好角度，拍下了这个画面。莫言写好后，我们抽空给他介绍了我县的文学创作情况，并送上了我县作家的作品集，莫言面带喜色，又提起笔给我们各写了一幅字："棋琴书画酒，天地江湖人"和"晓看红湿处，花重锦官城"。我们此行收获如此丰厚，实在感到意外，于是欢喜地邀请与他和他的爱人合影，他的爱人一直站在旁边递纸拿墨。看到他二人默契的动作，我知道，一个作家的成功，更是一个家庭的成功。妻不贤，夫不达，看来也不无道理。

告辞莫言夫妇离开宾馆，我给我的朋友打电话告辞，她问莫言题字没，我说题了。她说："那你们真是太幸运了，这几天，不少人请他题字留墨，他都没有同意。"我们也觉得意外。在临别的时候，莫言问："你们都是省作协会员吗？"我们说我们两人都是，他听到这个回答后，我看不出他脸上有什么表情，但是我想，他至少也会觉得自己的题字还是文学的，不是商业的或者别的。回来的路上，我在想，莫言为什么会如此满足我们的要求呢？我想，这肯定是因为文学。如果不是文学，他不会在采风劳碌的夜晚对我们网开一面的。

文学作品有教化的功能，一个负责任的作家也必然是一个优秀的教育者。我觉得，莫言的此举，也是在默默地鼓励文学，无声地支持文学。莫言得奖，不仅是因为他写得好，而是因为他做得更好。

女儿树

　　我居住的小城背后有座小山，我坚持每天都一早上去一回，除了跑跑跳跳之外，我还一直要坚持走到山顶的另一边，去看那棵特别的女儿树。

　　那是一棵极其普通的柏树，长在向阳的小坡上，由于周围类似的树木太多，我现在都不记得谁是我的女儿树了。叫女儿树，是因为它的皮肤下流着和我女儿相同的血液。

　　春节后的一个上午，我的女儿来到人世间。当我忐忑不安地在手术室外的水泥地上来回走动时，心里充满了恐惧和不安，感到时间特别漫长。大概一个小时后，医生抱着一个粉嘟嘟的娃娃出来了，她便是我的女儿。女儿穿得整整齐齐，戴着暖暖的小花帽，捆着厚厚的红棉袄，安静地打量着这个崭新的世界。安顿好母女俩后，我便按老家乡下的习俗，要找个地方把胎衣埋起来。

　　我把那一团还散发着体温的血肉之物小心包好，然后走出医院寻找个好的去处。正午时分，春日骄阳已经有点火辣了。哪里才是风水宝地呢？前面是嘉陵江，蜿蜒数百里一直到海，后面是草木茂盛的小山，我是上山还是到河边呢？最后我选择了上山，云山苍苍，流水泱泱，靠山面水，山高水长。我来到这个叫作灵云的小山，到处转悠，哪里才是最好的位置呢？山下是静静流淌的江水和错落有致的楼房，眼下则是一座百年老校，远远地传来了朗朗书声。

依灵山面嘉水，邻学府向朝阳，难得的好地方。于是我便选了路边一个小坡，这里落叶堆积，胎衣不易被野狗寻见。同时，地处山坡，也不会有游人践踏。而且太阳一出来，便晒着这面小山坡。我相中了一根最直的柏树，来到树下，深深地挖了一个坑，把包着胎衣的袋子放了进去，然后心里默默地说：小树好好长吧，长得高高的，长得壮壮的。我把土坑严严实实地盖上，然后再聚拢落叶，把那块新土掩蔽起来。收拾好这一切后，我爬上山坡，牢牢记住周围的标志，才慢慢转身回去。

那棵没有姓名的小树便成了我身边最亲近的一株植物了。每当我看到女儿，便会想到她的部分骨血也在山坡上生长，虽然没有人能看出，但是我知道，我女儿的血液已经从树根流淌到了树枝。那棵树也有一双明亮的眼睛和灵敏的耳朵，它也在注视着这个世界。

女儿还不会说话，只会哭笑，就像一棵小树苗，没有语言，只有不时的舞动。女儿肤色润泽，也如那绿油油的树，全身透出生命的光。我在想，等我女儿长大了些的时候，我便带上她到山上，叫那棵树姐姐，因为姐姐长得比她高。等我女儿能说话的时候，我便带她上山与姐姐说话。因为，与她同辈的，还有那棵树的身体里流淌着同她一样的血液。

我与妻子都忙于养家糊口，女儿便远送乡间，成天与阿猫阿狗为伴。所以，女儿最先认识的就是狗、鸡、猫，然后就是漫山遍野的树。我的女儿长期生活在乡下，城里的她的同胞姐姐也生长在城外的山上，她俩可谓是同命相怜了。在女儿还不会说话的时候，打电话回家往往都听不到她一点声响，把她惹烦了，她才旁若无人地发出几声哭闹。于是，我想女儿的时候，便上山去看一看那棵小树。

女儿与小树都生长在乡下，都长得壮壮实实的。也正是因为在乡下，她躲过了 2007 年的普泽欣、2008 年的三聚氰胺和汶川地震，这让我们一次又一次地受到惊吓也一次又一次地感到庆幸。每次看到小树长势喜人，我都说，小树姐姐都这么健康，我的女儿肯定会更加健康的。在红苕和苞谷的哺养下，女儿一天天长大，小脸蛋慢慢鼓了起来，红润了起来，远比在城里生活的那些孩子看起来健壮。十年树木，百年树人。不管是小树还是女儿，我们都要用一生的精力来呵护和培养。

女儿一天天长大，成天遍地跑，像个山里的孩子一样，喜欢大呼小叫。岳母在两棵橘树的树丫上架了一根细木棒，不满两岁的女儿已经学会双手抓住，翘起双脚荡来荡去了，她说这就是秋千。玩腻了，她还学会了爬树，矮矮的人儿，已经能够在乡下找到自己的乐趣了。与她一起玩得开心的，也就是一棵棵大大小小的树木了，谁能说她们不是姐妹呢？

春节期间，女儿回到了城里，她欣喜地张望城里的每一个角落，我们全家都围着她到处跑，我也没有时间再上山了。由于天太冷，我也不敢把女儿带到山上玩，看一看那棵葱郁的小树。

春节过后，我爬上山，特意去看那棵小树。山坡上树木全都绿油油的，我都不能确认哪棵是我的女儿树了。我当初原想认一棵粗大的桂花树为女儿树，但想到她还是那么小的人儿，不必承担如此的重荷和阴影，于是我选择了一棵平凡的小柏树。

我差不多快认不出那棵女儿树了。但是回头又想，天下父母谁不愿意自己的儿女功成名就、超凡脱俗。愿望固然好，但我也觉得，平凡也没有什么不好。我知道，我的那棵女儿树仍在我当初拥抱的地方茁壮成长。

当我女儿长大的时候，我要让她寻找自己的姐姐树。我相信，她一定能找到那棵树，因为她俩流着相同的血。

譬如郑小琼

郑小琼应该是 2007 年夏天最火爆的"文学超女"。

知道郑小琼是在 2006 年冬天。偶然在网上看到一首称之为"打工诗人"郑小琼的诗，得知她是南充人，于是百度了一下，这才发现她早已是诗坛的网络红人了。发现网友那么多关于她的赞誉，于是再搜索了她的文字，确实不同凡响。然后又发现了她的博客和 QQ，便加她为好友。

对诗歌我是外行，乍一看，觉得她的诗太长了，动辄就是一百行，让我头昏脑涨。掐头去尾地看了一些，发现她的句子常常让人感到意外，我在她的诗歌里看到不少从来没有发现过的词语组合。她不像那些矫情的女子和煽情的诗人，倒像是一个老实的孩子。有人说她是"诗歌产妇"，我倒觉得她还像一个"诗歌泼妇"，她尖刻的文字，让许多人心如刀绞。偶尔看到她的散文，她冷静的讲述却也让人禁不住心酸苦笑。她说她南充卫校毕业后回老家当医生，一年下来，人家给她们牵了几只小猪抵工资，她们便在医院旁围了一个小猪圈，把残汤剩饭收集起来喂养小猪，准备过些时间卖成现钱再回家过年。想不到几天后的一个风雨之夜，她们的小猪全被冻死了。郑小琼不苟言笑地讲述着她身边的旧事，让人觉得她是多么值得怜爱的邻家妹妹。然而看她的诗歌，便会强烈地感觉到她满腔的愤怒和女人特有的刻薄。她从不取悦于人，是那么真实和让人震撼。

2007年5月5日，我收到邮递员送来的《人民文学》，一翻目录，有个郑小琼，再看文章的作者简介：郑小琼，女，南充人。于是我便在网上向她祝贺，然而，她的回答让我更加吃惊。她说《人民文学》杂志社有人打电话告诉她，她获得人民文学利群文学奖了，要她5月20日到北京参加21日举行的颁奖典礼，并有一万元的奖金和双程的飞机票。她还说她是第二次坐飞机，第一次是参加《诗刊》的新疆笔会。于是，我从此便叫郑小琼"万元户"，这是早年一个十分光荣的名称。《南充日报》《四川日报》相继报道了我写的关于郑小琼获奖的消息，想不到，5月21日后，二十七岁的郑小琼便在全国各大报刊上频频出现。但是她是十分不情愿的，她拒绝了许多媒体的采访，包括中央电视台和凤凰卫视。7月初，《四川日报》想再追踪报道一下郑小琼，可她说她已经拒绝接受一切媒体的采访，她要努力工作以确保自己不再失业。

时下，有不少所谓的作家诗人忙碌着四处采风体验，寻找灵感。匆匆一游，到底会收获多少灵感？郑小琼成天坐在自己廉价的铁皮出租屋里，在繁重的打工空隙却摘下了耀眼的桂冠。对于一个不善于思考和没有使命感的迟钝懒惰大脑，对于一个忘记责任和贪图享乐的世俗灵魂，就是环游宇宙，也是枉然。在不少作家诗人忙着触电、出镜、出书、办公司的同时，郑小琼仍待在那个月薪六百元的五金厂，坚守着自己的文字和思考。

对于我们通常所说的文人和文学，难道没有例外吗？有！

譬如，郑小琼。

看字识先生

乡下把老师称先生，评价一个老师如何，首先是看他的字写得好不好。闻香识女人，看字识先生。字如其人，都认这个理。

有年夏天，我到过一个叫万年的偏远小镇，学校已经放假，办公室墙壁上有几幅字，是方方正正的魏碑，十分养眼。空荡的校园内有不少杂草在乱窜，显得有点荒芜，但在看过这几幅字后，我再也不敢漠视这所小学了，深信这是个藏龙卧虎的地方。于是我深深记下了万年小学和一个叫高明的校长。

回到县城后，在几次书法展上，也看到过高明的几幅行书。他是沿着王羲之的路在走，清新流畅，赏心悦目。我以为，这个高明至少要上六十了吧，不然，达不到这样的功力。去年春节前，县书法家协会开年会，我发现有一个陌生的面孔，黑黑的，戴眼镜，四十多岁，静静地坐在一角。我问，这是哪个？别人说，是万年小学的高明。我心中一惊，咋会这么年轻呢？我想象中的高明应该是有一大把花白胡子的，书法时大笔一挥，一幅漂亮的行书就出来了。

会场展出了高明的一组作品，是《岳阳楼记》。我从头到尾温习了一遍，心中竟有些激动，仿佛从中看到了范仲淹书就弃笔的那一声长叹：噫，微斯人，吾谁与归？

今年暑假，一个朋友新居装修完毕，想求几幅字画装点一下。我们都想到了高明。当我们找到他时，他已经把作品准备好了，是两件精品。朋友如获至宝，高兴地问："润笔费呢?"高明哈哈大笑，连说免了免了。他说，书赠知己，是件幸事。作品送给阅读的人，是作者的幸运，也是作品的幸运。

在与高明的闲聊中，得知他一直在教学一线战斗，并已辞去小学校长，到了另一所中学当普通教员，刚好带出一个毕业班，还教出一个学区状元。他说，他班上有不少留守学生，父母不在的孩子最孤独，如果老师也不细心一点，学生是很难成才的。他还带了一个同村的孩子在自己家吃住，那孩子曾经是个差生，今年中考考得非常好。

我想，教师只有在教书育人中才能感到快乐和有价值。不知道别人是不是这样，我相信高明一定是这样。

冷冬的爱情

　　阿莫在妻子走后第三个月才发觉屋里有点乱。刚好是星期天，他决定收拾下屋子。

　　妻子和阿莫结婚不到三年，总算磕磕碰碰走了过来。但是这次却不同，他和妻子闹得特别凶，妻子悲愤地独自一人到了深圳，也许永远不会回来。阿莫在妻子走后，觉得一个人的海比两个人的海大得多得多，可以更加自由地遨游。一个人在家，没有妻子天天的唠叨，玩也玩得清静，做事也没人打扰，一切都很省事省心。"围城里面的人想冲出来"，他现在就是冲出来的幸运者！偶尔，阿莫才会想起妻子，但很快又记起她的不好，于是又忘掉了。

　　在拖地时，阿莫发现客厅里的那盆富贵竹已经枯萎好久了，便抱起那盆枯竹准备甩了，但又舍不得那个花盆。想再种上一盆什么，想来想去，还是觉得那个位置放上一盆富贵竹最合适。

　　那盆富贵竹是阿莫结婚前装修新房时和妻子一同去买的，两人在看了好多家花店后，才定下了这一盆富贵竹。买回后，妻子天天认真地侍弄，一丝不苟地浇水、上肥、整枝。虽然，客厅里一年四季不见阳光，富贵竹却还是那么翠绿，一派生机盎然，阿莫也觉得那富贵竹真可爱。万物生长靠太阳，然而，这株富贵竹在他这个永远都见不到阳光的客厅却一直疯长。妻子时常说，这株富贵竹就像他俩的爱情，蓬勃向上，万古长青，阿莫觉得也是。阿莫从来都没有想到，这株富贵竹会枯死，但是在妻子走后的这个冬天，富贵竹却莫名地枯死了。阿莫这时真有点宿命的想法了，难道这婚姻注定要过早结束吗？这是一开始就注定了的吗？这富贵竹是和妻子心物合一了？

　　阿莫便到花店去问老板，三年前买的这株富贵竹咋突然死了呢？花店老板告诉他，富贵竹其实就适于在暗阴的地方生长，水不能浇得太多，很好养，管都不管都会长得很好，但是唯一的缺点就是怕冷，冬天一定要注意保暖。阿莫又问，这三年冬天都放在客厅里，一直没有什么保护措施，好好地活着，为啥突然今年冬天就死了？老板告诉他，因为前三年都是暖冬，今年不同了，今年是多年少见的冷冬。阿莫终于弄明白了，随口又问，如果让富贵竹度过冷冬，麻烦吗？老板给了阿莫一个大大的薄膜袋子说，只要把这个套在竹子上面就可以了。

　　就这么简单！阿莫把袋子拿回套在新买的富贵竹上，等待着它能度过剩下的这个冬天和以后的冬天。同时，阿莫决定明天就去深圳，他要去接妻子回来。阿莫明白，爱情其实也就是一株富贵竹，只要一丁点的水，甚至一丁丁丁丁丁点的温暖，就可以度过冷冬。

左手青春右手尘埃

书房墙角斜放着两把绛红的吉他，在灯光的照耀下仍反射出些许光亮，用手一摸，却发现积满了厚厚的灰尘，不敢再次碰触。

今天还在梦中的时候，隔壁突然传来一阵悠扬的琴声，原来是早起的妻子拿东西时不小心弄响了琴弦，可是我却再难入眠。

那把红棉吉他是我在县城上师范时，从牙缝里节省并向家里要了不少，才凑足了八十元钱买来的。现在回想起来，居然不知道为什么要买那把吉他。其实在到小县城上学之前，我从来没有见过那种西洋乐器，以致我现在都觉得一个人的抉择有时是多么偶然，那么多乐器之中为什么选择它。

师范开设了音乐课，但没有专门的吉他老师，当时县城也没有多少人会弹。我们住在男生宿舍的 308 号房间，每天一有空闲，我便独自躲在宿舍里，捧着一本吉他速成教材，一字一句地琢磨。同学们有喜欢篮球的，有喜欢乒乓的，我却经常独自一人把那六根钢丝弄得嘣嘣嚓嚓的，大家都说那弹棉花的又开工了。

弹吉他是个极强的手艺活，双手每个手指都没有空闲，而且还得灵活自如。书上有一套手指操，我每天随时随地用双手在裤子口袋里、桌子上敲得嗒嗒直响。手指按在弦柄的琴弦上，把指头勒得生痛。三五周后，每个手指头都长出一层厚厚的茧疤。同班有个同学也有把吉他，我们便互相鼓励，等这层茧疤脱落后，就不再痛了。的确，当第一层茧疤脱落后，再按琴弦手也不痛了，而且茧疤也不再长了。

大概过了半个学期，入校前五音不全的我们居然能独自弹出像模像样的歌曲了，班上晚会，必有我们表演。20 世纪 90 年代初，风靡一时的校园民谣还没有露头，同学们传唱的都是港台歌曲，什么四大天王、小虎队便是大家的偶像。可是我唱歌不在行，买个吉他光伴奏也没有多大用，于是我便专攻独奏曲的练习。

每天饭余课后，我便一遍一遍琢磨书本上那五根线上的小蝌蚪。每一个小节至少要弹上百次，认准五线谱，按准手中的弦，就这样一节一节地练，一般一个月后，就能完整地弹出一支新曲了。独奏曲非常复杂，旋律与伴奏要同时表现出来，虽然弹起来麻烦，但听起来却非常美妙。

一个学期后，我便啃下了《莫斯科郊外的晚上》《爱的罗曼史》《彝族舞曲》等曲子。每个周末的晚上，宿舍的同学们没事便说，再给大家弹会儿棉花。我当然也乐得多练习几遍，大家多数是在我的琴声中进入了梦乡，而且他们也都知道我弹的是些什么曲子了，有时大伙还在我的弹奏下练习跳舞。

每天下晚自习后，我都要抢着在宿舍灭灯之前弹上一会儿。美妙的琴声在夜色里更加悠扬，楼下经过的成群结队的同学都会放慢脚步，欣赏楼上传来的吉他声。以致后来，低年级有几个女生还托认识我的男生向我表示要拜师学艺。我自己都还是学生，哪能当老师呢？可是心里还是蛮高兴的。

三年的学习生活，我把课余时间全花在练琴上面了。课后练琴，上课便悄悄偷看从图书室借来的小说，别的课外活动基本不参加，现在回想起来，真后悔自己当初为什么没有再涉猎别的爱好。图书室里有不少书，我们只能在窗口翻动厚厚的目录，慢慢根据书名猜测内容，然后借一本出来看后再借。由于班级太多，每周只有一次借书时间，总是要在一楼的那个窗口站半天，才能借出一本书。我借的全是小说，《第二次握手》以及国内外小说家的作品集等。还找来个本子，摘抄里面的精彩段落。记得我居然把《第二次握手》里丁洁琼与苏冠兰的通信全部抄了一遍。那些年还借了不少书看，于是后来便戴上了厚厚的眼镜，可是书中的内容现在全忘记了。

三年师范毕业后，我回到乡下教书。乡下没有多少人见过吉他，夜深人静的时候，我便在老家的木楼上或者学校的破房里，不开灯，一遍一遍弹奏那些古老的曲子。在穷乡僻壤，有悦耳的西洋乐器之声传出，应该是件怪事。可就是那些年，我在自己营造的氛围中，忘记了身外的痛苦，寻找到了源自内心的欢乐。

回乡十年后，终于又来到当初学习的小县城。那把吉他也跟我四处流浪，只是再次拨弄琴弦的时间越来越少，以致根本不碰了。女儿快两岁了，她却喜欢这些有声的东西。她独自玩耍的时候，便拖着比她还高的吉他在屋里乱窜，还爬到吉他上乱踩，欣喜地让我们也听吉他发出的令人心动的乐音。

现在，我时常在小小的书房里用右手拖动鼠标，左手很少使用，也很少再用心看一看身后的吉他。有时也想拿起再弹一弹，可是厚厚的灰尘却把片刻柔情远远隔开。摸一摸那浸透青春年华的琴身，想再寻找当年的些许往事，结果却只抓着一把厚厚的灰尘。

从左手到右手的时间，我的青春已厚覆尘埃。

民间爱情

在今天说爱情，有人说早已经过时了。

合上线装书，爱情便封存在《诗经·关雎》和《桃花扇》之间厚厚的历史尘埃之中，抑或一段徐志摩与陆小曼的情感故事，也随诗人的离去让堪称极致的爱情随风而逝，更何况今天很少有人读诗或者看书了。

但，爱情仍然在民间茂盛地生长。虽然有更多的关于金钱或者权势强奸爱情的故事从电视连续剧直接走进现实，虽然二奶、情人等词语仍然是最热门的词语之一，虽然有更多的人已经不相信目前还有叫爱情的东西。

都市的爱情或许真的已经不多，但我还是听说了一件。前些天偶然遇到一个朋友，她说她的情感经历与《东京爱情故事》一样，与她相恋四年的男友一直让她忧郁伤心，他会说"我爱你"，但从来没有说过"我娶你"。她知道他很穷，她推断他是怕供养不起时下高昂的爱情和因房价从不跳水而更加艰难的婚姻，一直非常自卑。她也曾无奈地试着努力与别的男孩子接触，纵然有又帅又多金的，但她仍然抑制不住呕吐的冲动，她还是觉得那个一直没有说要娶她的男孩最好。于是她仍旧在等待，等待，但她不知道什么时候会等来什么样的结果。

我没有看过《东京爱情故事》，但我相信，这是真正的爱情故事。我以为，这就是爱情，这就是人称已经绝迹的爱情。爱情就是爱情，如果爱情还需要附加金钱与权势，那就不叫爱情了，应该叫交易。

　　其实，爱情在民间还在茁壮成长。譬如在今年五月的川西，就有一个个可称极品爱情的感人故事在不断涌现。当贺晨曦从北川县农业发展银行的废墟底下经过一百零二个小时的生命坚守，最终活着被救出来的时候，她仍然坚信自己看到的月亮依然是"月上柳梢头，人约黄昏后"那个最圆最亮的月亮。一个现在可能许多人都叫不出来名字的男子昼夜守候在贺晨曦身旁，对着废墟的缝隙不间断地呼喊，并给她讲述人间最动听的情话，让贺晨曦从生命的那头一秒钟一秒钟地挺到了生命的这头。我们完全可以相信，贺晨曦与郑广明的爱情故事将永世流传。

　　我听说都江堰市社保局的一名职工，得知自己的女友在汶川地震中失踪了，他立即冒着大雨，在余震中，历经千辛万苦前往汶川寻找。他喊遍了每一处废墟，询问了每一个路人，都毫无消息，最后他只得流着泪去翻看每一具遗体，竟然翻脱了多个手指甲。谁能说这不是真正的爱情？

　　还有，绵竹市兴隆镇广平村三组的吴家方，在汉旺镇把因地震遇难的妻子用绳子紧紧绑在自己背上，让妻子冰冷的双手交叉抱住自己的身体，然后一路小心地骑着摩托把妻子背回家。这是什么？这是2008年感动世界的民间爱情！

　　民间的爱情竟然如此美丽，美丽得令人禁不住泪流满面。有如此的传世经典，谁还会说爱情已经消失？当人们心灵不再浮躁的时候，就会发现爱情，当人们真正宁静的时候，就会拥有真正的爱情。如果我们合上历史著作，在现实中竟然寻找不到真正的爱情，不知道悲哀的到底是谁。

地震过后，回头来看，最珍贵的其实只有真情。

辣椒的味道

和这个世界一样，辣椒也变得如此世俗和乏味。

妻子今天有事，我便兴趣盎然地在家做饭，其实我是想吃上一口辣椒，山里的那种土辣椒。

小时候，每到夏天，全家人成天都喝着活像玻璃汤一样照得见人影的豆浆稀饭，吃上一盘母亲炒的土辣椒丝丝，其乐融融。在自家种的油菜子榨出的菜油的爆炒下，辣椒丝炒得绿里发白，油光闪亮，起锅前再放上一撮盐，端上桌子，便是全家最喜欢的下饭菜。那辣丝丝一吃进嘴里，便倏地一下一直辣到舌根，辣得一头大汗，毛根发直，赶忙喝口已晾冷的饭汤，出口热气，于是，嘴里便只剩下了一股浓浓的余香。每顿饭，往往都是辣得眼泪哗哗直冒，但全身却有一种说不出的舒坦。从小到大，一直难忘吃辣椒那一番特别的感受，以致盼望夏日的早到。

渐渐地，我也学会了炒辣椒。每次还未动手，口里早已是啧啧生津了。先洗净辣椒，切成细丝，在锅里爆炒一会儿，再倒油煎炒，烟雾升起，厨房里全是辣椒的味道，在呛人的油烟中不停地翻铲，辣椒在微微发卷发白时，迅速放盐起锅，铲到盘子里的辣椒还嗞嗞地响个不停，然后全家都在赞叹声中分享由我带来的快乐。

今天我也想露一露在乡下练就的绝活，当然是如法炮制，但是我发现这次辣椒炒起来软绵绵的，一直到起锅，都没有儿时在乡下闻到的那种味道。辣椒端到桌上，妻子尝了一口，便叭地吐在地上："快端走，这是什么东西？"我斗胆吃上一口，哇，又苦又咸。我再吃一口，仍然是又苦又咸，没有一丝辣味。妻子一脸奚落，我也兴致全无，虽味同嚼蜡，但是也得大口大口地嚼，嚼着嚼着，终于嚼出了灵感：不是我的错，是辣椒的错。

在现代高科技侍弄下的辣椒，也失去了它原本的风格，有的不但不辣，反而还媚俗得甜得腻人。想不到，连辣椒也都人性化了！在人性化的辣椒面前，我该如何称呼你呢，辣椒？

在城里，我仍深深地怀念着乡下的土辣椒。

校园民谣

上一个周末的下午，我终于在网上找到了那支叫《班长》的老歌，这是我寻找了近五年的一首校园民谣。

我离开学校已经十五年了。当时学校流行的不是校园民谣，是港台歌曲和西北风。校园民谣全国火爆的时候，我已经在乡下一个偏僻的村小任教了。

乡村生活平静而单调，偶然发现一盘校园民谣的磁带，于是拿到学校在一个小录音机里成天放个不停。或许是因为刚刚离开生活了三年的小县城回到农村，或许是因为自己的人生梦想刚开了个头又回到起点，我经常落寞地在那温暖的歌声中品味别人的大学，猜想他们的校园生活。

从早到晚，一有空闲，我便打开录音机听老狼唱《同桌的你》、听沈庆唱《青春》。听着他们忧郁的声音，自己也突然变得柔软起来，同时也萌生了追求自己梦想的念头。这些想法让我坚持在乡下不断地看书学习，直到终于一步一步走出乡村。

短短十年，网络已经深入了生活。一想起乡下的教书生活，我便对当年那盘磁带念念不忘，对那首《班长》无比怀念。整整五年，我在网上始终没有找到那盘磁带中的歌曲，难道这首歌真的绝迹了吗？难道真没有人会想起当年的歌谣吗？

"我的故事说的就是我的班长，一头短发来自冰雪的北方……"《班长》这支歌我能唱个大概，但是自从我搬了几次家后，磁带便不知去向。再说，当年使用的录音机、磁带早已退出时代舞台，现在都是CD、MP3了，想要找到当初磁带上的老歌几乎不可能了。越是找不到的，越喜欢努力去找，于是再三地在网上百度、谷歌，结果还是"抱歉，没有找到相关的网页"的字样。

村里的孩子们梦想着上大学，大学是什么呢？如何给一个个孤陋寡闻的孩子描述大学呢？我便给他们听这盘校园民谣，并对他们说："什么是大学，什么是大学生活？就是抱个吉他，坐在清华园洒满阳光的草坪上唱《班长》……"一个个做梦都没有梦到过清华园的孩子们便想象自己在清华园或者未名湖边歌唱了，满脸全是幸福激动。其实，这不仅是孩子们的梦想，也是我的梦想。

多年过后，当初的孩子中有已经大学毕业的，虽然他们没有机会到清华园唱歌，但是他们说，如果不是当年听《班长》，或许也不会觉得大学是那样的美好。只是进入大学后，校园里基本上没有民谣了，只有网络游戏。虽然校园民谣在校园里已经成为过去，但那些大学生们自己创作演唱的歌曲是我和很多的同龄人最喜欢的音乐。

老狼在清华园唱他们的校园民谣，我和我的学生们当年却在川北山区的乡村小学里听校园民谣。虽然一个是大学，一个是小学，一个在城市，一个在乡村，但并不影响我们对青春的怀想和对美好的幻想。面对这些岁月金曲，岁月虽然远走了，但金曲却永远留下。

转眼十年过去了，回头来看，那些老歌依然在一遍一遍打动着我们，依然在一点一点浸润着心灵。

如果你也记起了自己的青春，那你一定要去听一个大学生唱的《班长》，那个大学生叫张银钟。

旁边的旁边是你

不经常看到《教育导报》，但每次看到，总要先去看副刊，想找到一个名字：绵阳段代洪。

也记不清是在过去哪期《教育导报》读到了段代洪的文章，他曾倾情讲述一个大学校园中的浪漫故事，最让我心动并至今难忘的是其中提到一首题为《旁边的旁边是你》的小诗。虽然诗的内容在作品中未全部收录，但这个题目也足以让我唏嘘感慨，对于每个上过大学或梦想着大学的人，这无疑是青春最精彩的风景了。

在物质化的时代谈纯真的情感故事，是最珍贵和极具吸引力的，在忙忙碌碌之中，有人提醒一下我们，不要忘却真情和浪漫，这本也是真情和浪漫之一。物以稀为贵，现在谈论情感，都说是白痴弱智的举动，如今人们都不再讲什么情感了，而是需要或利益，这也足见情感真的可贵。不可否认，仍有许多的心灵之园仍保存着一块芳草地，如沙漠中的绿洲，仍有许多灵魂还在与现实和物欲进行着顽强的较量，还守望着自己的麦田。

我常在夜深或独自静坐时，想起《旁边的旁边是你》和段代洪。

后来又断断续续在报纸上看到段代洪，知道他会弹吉他，还开过舞厅、小店，我宁愿相信这是真的，因为如此诗样的灵魂，在这样的世界必将遭到物质的迫害，为了桂冠，必将更加坎坷。

段兄，真的好想你，什么时候再给我们来一首诗或一支歌。在物化的现实世界，我们对精神和浪漫渴望得要死。

师　礼

作家王蒙把"布尔什维克式的敬礼"称为"布礼"，照此，"教师式的敬礼"应当称为"师礼"。师礼是种什么方式的敬礼？恐怕熟悉的人不多。

读书十多年，对教师至尊至崇，自己又教书近十年，享受了近十年的至尊至崇，当然对师礼有着深切的感受。

蒙童之时，在父亲带领下来到学校。那小学原是座庙宇，菩萨搬走了，神龛上贴着一张领袖像，有个古旧的老先生稳当当地坐在堂前。父亲在老先生交代完之后，按住我的头让我给先生敬了个礼。过了多年，才听说"天、地、君、亲、师"是要敬在神龛上的，我才省悟了当年父亲的苦心。

初中毕业，进了师范。开学第一课，教文选的老师就说："学高为师、身正为范，之所以谓之师范。"要全班几十个小伙子、大姑娘站着看他给我们鞠躬，这是我们从未见识的。老师四十上下，儒雅敦厚，满脸的博大精深，但此刻他却谦恭得近乎幼稚地在讲台上站好，双手贴腿，把头埋下，躬下身来，一直弯下去。他做得一丝不苟，温文尔雅，我从没见过如此漂亮的"卑躬"，有几个不谙世事的男女被他的认真逗笑了，只有几声，便无声息，教室里静悄悄的，都静静地看他静静地慢慢地给我们鞠躬。结束后，他直起身子，静静地看着大家，我

096

们都不知所措，满脸羞愧，更不知要鞠躬还礼。在他谆谆教导下，此后每节课前，我们都毕恭毕敬地向上课教师鞠躬行礼，等教师还礼之后才一齐坐下。

师范毕业后，我到了一所乡村小学任教，一群愚顽的孩子成天围着我转。第一堂课，我认真地给孩子们鞠了一躬，孩子们觉得很好玩，有几个还跑上讲台看老师在地上找什么。我当时又笑又气，对着天真可爱的孩子们无奈地叹息道："顽冥不化！顽冥不化！"孩子们又问我，什么是顽冥不化？看着那一双双无邪的大眼睛，我第一次和孩子们在课堂上哈哈大笑起来。从此，上课之前我不再给孩子们行礼，只是一遍一遍地听他们那洪亮而整齐的"老师好"，真有种至尊无上的感觉。

近十年的教书生涯，先教小学，再教初中，然后又教高中，学生们越来越大，我教书也越来越随意。学生们和我个头差不多，年龄相差也不过五六岁，都年纪轻轻的，我只是个大哥哥的样子，不必讲究那么多礼节，于是我很少在课堂上给学生们行礼。有年，班上有个优生转学，学校和我都舍不得他走，但他情况的确特殊，他给当班主任的我讲明原因后，我帮他办了转学手续，也表达了我的挽留和祝愿。书教久了，学生来来去去也都习惯了，少有别离时的伤感。过了一些时间，我正忙着备课，这个学生来向我道别，他话别之后，却不走，静静地站在那里，把头埋下去，把背躬下去，就像当年我的老师那样，给我深深地鞠了一躬。看着他那么认真，那么一丝不苟，我却像当年一样，不知所措。这么大的一个小伙子，当着这么多人的面，在这样的风气里给老师鞠躬，我真的是不知所措，眼前顿时一片模糊……

现在，我已不再教书，但我经常想起"师礼"，常想到上课前，学生们站起来齐刷刷地向我鞠躬行礼，然后我像我的老师一样，在讲台上向学生谦恭还礼……

瓦屋修辞

南部　南部

　　南部。

　　当这两个方块汉字横空出现在你眼前时，或许你会转瞬想到长江以南那片广袤的土地，多水常雨的柔软江南，或者湿热、拥挤、裸露等与南方息息相关的一些意象及词条。不过，直觉成为错觉只在一字之间。

　　我说的南部，是一个县，南部县。或许你会奇怪，一个方位词也能如此直截了当地拿来做一个拥有百万人口的大县的名字？毋庸置疑，存在了两千两百多年的这个县被呼唤被书写作南部已经一千五百多年了。一千五百年，对于任何一个生命不过百年的人来说，都是一段不可跨越的距离和无法企及的往昔。南部，这两个汉字自从成为一个县名后，便拥有了别的方位词无可比拟的魅力和无法超越的内涵。南部，不只是一个方位词。一个从南朝就开始呼唤的名字，不改名也不换姓，一直叫到现在，你完全没有必要操心她的称谓是优是劣。当然，如果你觉得这个名字不够引人注目，我可以提示你，南部是全国唯一一个以方位词命名的千年古县，这该独树一帜了吧？

　　不过，南部县确实不在中国的南部，而是在西南；南部县又确实不在中国西南地区的南部，而是在东北。唉，南部，竟然是一个隐居得如此曲折幽深的名字。一千五百年，是小半部中国历史长卷啊！南部，隐匿得也太深太久了。

是谁，让南部大隐于华夏五千年历史长河；是谁，让南部韬光养晦于茫茫辞海。

一个大隐于世的名字，必然有一个大显于世的理由和时日。

大隐者必大显！

志书记载，据考证，南部早在新石器时期就已有先人垦殖。其上古属梁州地，春秋战国时期属巴国，秦置巴郡。西汉初（前206年）置充国县。南朝宋元嘉八年（431年）改为南国县。梁武帝天监二年（503年），因地处巴郡以南而得名南部县，沿用至今。

千年历史就这样了了几笔轻轻带过，似乎真的没有值得传颂的内容。其实不然，在内敛含蓄的儒学熏染下，这方生民对世间时常竞相争夺的名利早已置之脑后，把全部心思倾注在日出而作日落而息的田间耕作，或者挑灯夜读著书立说的平凡日子中去了。

南部千年历史，浩如烟海。其实，只需在历史长河中选撷些许掌故和三五人事就可以清晰地勾画出她人文脉络的起承转合。

永不落幕的纸上人生

人在肉身消失后，还可以在纸上继续存在。非凡人物的生命在纸张中永不消逝。南部因地灵生人杰，充满荣光的时期有两个：三国两晋的乱世和大宋的治世。

蜀国名将张嶷、硕儒谯周和西晋成汉皇帝李雄，东晋成都王谯纵，是南部历史绕不过的话题。

今南部县南隆镇人张嶷（194—255年）多次跟随诸葛亮和姜维南征北战，立下赫赫战功。延熙十七年（254年），姜维北伐，张嶷风湿

102

严重，靠拐杖站立，但他决意随军北伐，向后主刘禅请命："臣当值圣明，受恩过量，加以疾病在身，常恐一朝陨没，辜负荣遇。天不违原，得豫戎事。若凉州克定，臣为藩表守将；若有未捷，杀身以报。"后主闻之，含泪应允。张嶷在北伐中英勇善战，后与魏将徐质交战，寡不敌众，战死于甘肃。后陈寿在《三国志》中写道："嶷慷慨豪烈，士人咸多贵之。"《益州耆旧传》载："张嶷仪貌辞令，不能骇人，而其策略足以入算，果烈足以立威。为臣有忠诚之节，处类有亮直之风，而动必顾典，后主深崇之。虽古之英士，何以远逾哉！"现陕西省汉中市汉台区龙江镇柏花村有座高大墓冢，碑刻"汉荡寇将军张嶷之墓"。一代战将张嶷，只有"魂"归故里了。

南部县东坝镇上乘寺明、清朝残碑上刻"乃三国谯大人之业耳""定觉山上乘寺，古名刹也。历代相传，前朝谯大人之俗产，义官周尚澄置买而建佛殿焉"。从碑刻得知，上乘寺为谯周家业，后扩建成寺。谯周（201—271年），蜀汉时曾任中散大夫、光禄大夫，位列九卿。263年冬，魏将邓艾攻克江油，直逼成都，后主刘禅仓皇失措，群臣多劝南逃或投吴，蜀汉政权摇摇欲坠。天下大势合久必分，分久必合，为让蜀中父老免遭荼毒，谯周力劝后主归魏封王。后主刘禅采纳了谯周的建议，三国鼎立的格局从此瓦解。谯周因有"全国之功"，被魏王先后封为阳城亭候、骑都尉、散骑常侍，但谯周身为蜀国旧臣，均称病不出。七年之后，谯周在抑郁中病逝于洛阳，誓死不穿魏王赐的寿衣。谯周死后，时局如他所料，蜀入魏两年，司马炎建立西晋，280年，晋灭吴，至此，分裂割据局面终于结束。对于谯周的归魏主张，在当时和后世都遭到许多非议。1939年，谢觉哉也作"宋无秦桧谁下金牌，蜀有谯周惯修降表"一联痛斥汪精卫。但谯周是顾及百姓苦难、力求统一，而汪伪集团则是分裂国家，二者有天壤之别。谯周，在悲怆之中助推华夏大地结束三国割据的格局，用自己的名节换来了一方百姓的安宁。

晋惠帝元康末年，关中天灾不断，战事连连，略阳、天水等地十余万流民入蜀求生。流民李特兄弟不满当地官僚压迫，带领流民起义。太安二年（303年）李特战死。其妻罗氏与子李雄率领流民继续战斗。304年，李雄自立为成都王。光熙元年（306年），李雄在成都称帝，国号大成，他成为西晋末年十六国中第一个称帝的人。后来到李雄侄儿李寿在位时，改国号为汉，史称"成汉"。罗氏是南部县丘垭乡人，移居成都后，不服水土，渴望饮到家乡醴峰下的甘泉，李雄便派人送水。罗氏死后，李雄将母亲罗氏送回家乡安葬，并将古井封埋，上修醴峰观，当地人称"皇娘坟"。

十六国时期，政权更迭如走马灯。南部人谯纵建后蜀政权近十年。谯纵出身世家大族，初为东晋安西府参军。义熙元年（405年），谯纵在部属拥戴下自称成都王，偏安一方，史称后蜀，又称西蜀。谯纵在家乡今永红乡建有谯王城，遗迹尚存。

南部这方热土，乱世出英豪，治世出贤明，武功文治，代有英贤。宋代，可以说是达到文治的顶峰。这里出了陈氏一门两相两状元、理学大师周敦颐的妻兄蒲宗孟、状元马涓等。

唐高祖武德元年（618年），新井县建址于今南部县大桥场东侧。北宋初年，新井县令陈翔后裔陈省华三子相继中进士，尧叟、尧咨中状元，尧叟、尧佐为宰相，尧咨为节度使。"新井三陈"一时闻名天下。南部县大桥镇三陈祠有不少石碑，刻有"唐新井令陈公讳翔府君之神道""出兄弟状元宰相瑞笋处""宋三陈先生读书处"等文字。三陈祠东有一弯月形的巨型岩洞，上刻"漱玉岩"，是陈氏三兄弟早年读书的地方。洞内石壁上刻写着历代文人墨客来访时留下的诗句。陈氏三兄弟功名显达，世人景仰，其中"陈康肃公尧咨善射，当世无双"无意中与卖油翁各显身手，便成就了欧阳修的千古名篇《卖油翁》，"熟能生巧"这个成语从此万世流芳。

"寒可无衣，饥可无食，书不可一日失。"这是北宋尚书左丞蒲宗孟时常告诫子孙后学的话。蒲宗孟（1028—1093年），今南部县宏观乡人。自唐以来，五品以上官员，按级别分别佩金鱼、银鱼、铜鱼，翰林学士则没有。蒲宗孟担任翰林学士时，神宗皇帝说："翰林职清地近而官仪未备，自今宜佩鱼。"明代萧良有编注的童蒙读物《龙文鞭影》中有"细侯竹马，宗孟银鱼"，记载的就是宋代翰林学士佩鱼是从蒲宗孟开始的掌故。蒲宗孟与眉山"三苏"关系甚密。苏洵去世后，蒲宗孟曾作《老苏先生祭文》。蒲宗孟当年与周敦颐一见如故，并做主把妹妹嫁给周敦颐做继室。周敦颐病故后，蒲宗孟撰《周敦颐碣铭》痛悼。

南部县城有座状元桥。北宋马涓状元及第还乡，遇溪水暴涨，乡民闻讯速架起木桥迎接他，这条溪从此叫作"状元溪"，桥也称为"状元桥"。马涓，字巨济，今南部火峰乡人，官至御史。

元明清三代，史书记载，唯有工部尚书李先复成为南部古贤最后的骄傲。

李先复（1650—1728年），字子来，出生在今南部县南隆镇三清村，清康熙十一年（1672年）中举，后官至工部尚书。李先复为人稳重，办事可靠，深得皇上的信任和倚重。康熙五十四年（1715年），新疆叛乱，康熙让兵部侍郎李先复督办军粮。李先复多方筹措粮草，克服各种困难组织运输，化解了边境军队的供给困难。叛乱平息后，李先复作为一名汉人，受到康熙的称赞并重用。

纵观南部两千年历史，乱世出武将治世出文官，虽然他们不曾在历史上成为里程碑式的人物，但也支撑起了南部厚重的历史天空，在当时和后世留下了永恒的光辉。

难以尘封的南部旧事

时间是公正的，也是无情的，更多的人和事必将被岁月河流淘尽，能流传后世的，绝非轻松易事。

1929年，四川省委把南部县列为省农运工作中心，决定发动升钟寺起义，创建川北苏区。1930年冬，时任四川省军委书记的南部人李鸣珂把发动升钟寺起义的重担交给南部县特委委员、县公安局局长张友民。经过两年的准备，1932年11月25日，升钟寺武装起义爆发，上万名饥寒交迫的农民持刀扛矛，占领了伪区公所，在皂角乡铁炉寺村成立了川北工农红军。升钟寺起义后的第三天，保城乡也发动了革命起义，相邻的剑阁县金仙乡也发动了农民起义，革命星火渐呈燎原之势。川北农民革命运动让反动派心惊肉跳，于是仓促结集民团、驻军对革命群众进行疯狂围剿。起义战士凭借简陋的装备浴血奋战，最终因势单力薄，革命被镇压，有上百名起义战士和群众惨遭屠杀，但革命的星火仍在民间传播。

1935年4月2日，红四方面军第九军八十一团在南部县强渡嘉陵江解放南部后，九十九师师长王波（王维舟之子）率部队进军升钟，分散隐藏的游击队战士和革命群众迅速聚集起来，迎接红军的到来。红军在皂角乡锦竹湾铁炉寺村建立了"德丰县苏维埃政府"，辖南部、阆中、剑阁三县接壤的大片区域，直到红军长征撤离川陕苏区，革命运动才转入地下。南部，红色盐乡的光荣历史，是一笔最浓烈的色彩。

川北多山，水源匮乏，为了解决百万人民的生存困难，中央决定在川北建设大型水库。苏联专家沿嘉陵江最大的支流西河一路勘探，脚步最终停留在了升水镇。1976 年，国家批准立项修建升钟水库。经过十多年的艰苦奋斗，升钟水库工程终于全面竣工。1980 年，水利部副部长李伯宁在升钟视察后吟道："人夸四川风光秀，我赞升钟多英雄。苦战半年要度汛，大干两年建奇功。斩断西河伏龙虎，琼浆玉液灌南充。从此名川多一景，峨眉青城逊升钟。"与当年升钟寺起义一样，淳朴的南部人民，在建设时期也毫不迟疑地将自己的青春热血抛洒在这一片红色的土地上。

　　嘉陵江曾是川北的黄金水道，但水患不断。为了治理水道，综合利用水资源，嘉陵江开始梯级开发，实现渠化。1997 年，百万南部人民全民集资，修建了红岩子大坝，截断嘉陵江，让滚滚洪流变得温顺舒缓，早年汛期的紧张惶恐成为如今的安然踏实，荒芜的滩涂也展现出山、水、城、人和谐共处的美丽画卷。昔日狂放不羁的嘉陵江已成为全国内陆河最美丽的水上走廊，轮船可从海外经长江、嘉陵江逆流而上，直达四川腹地南部县。嘉陵江是中国西部最华丽的水上景观大道，南部则是江岸最值得驻留的倾心驿站。

漫浸诗意的渔猎之乡

　　历史之书的惊人巧合，其实是历史书写者的良苦伏笔。升钟，那方曾用鲜血和汗水浸染的土地，而今再次被欢乐浸染，成为垂钓休闲的乐土。

　　历十年之功开山筑坝，建成名冠西南的巨大湖泊。当水满波平的时候，升钟湖则腹守十亿方水，安然静卧于群山之中，默默地承天接地，无声地吞吐日月。

水是中国文人书写得最多的事物，也是中国最深的哲学。有容乃大、"以不争争，以无私私"、上善若水……升钟湖，腹存如此深广的哲学，数十年来，静居一隅默默修炼，如同一个遥远的隐者，如同隐匿在字里行间的旷世伏笔。

而今，大隐者终于到了大显的时候。

升钟湖钓鱼节的第一个鱼钩画出一道惊艳的圆弧轻盈地落入深蓝的湖中，激起了晶莹的水花，同时也击响了升钟湖一个崭新时代的钟声！升钟湖，大显的时刻从此启幕。

渔猎，先民们最初的生存本领，如今演变成物质之外的精神享受。当成千上万的都市人拥到升钟湖挥竿垂钓的时候，我知道，这也是对祖先的祭祀，对生命的回归。

远古的文字对渔猎早有记载。《小雅·南有嘉鱼》："南有嘉鱼，烝然罩罩。君子有酒，嘉宾式燕以乐。"《陈风·衡门》："岂其食鱼，必河之鲂。岂其取妻，必齐之姜。"《乐府江南曲》："江南可采莲，莲叶何田田，鱼戏莲叶间。鱼戏莲叶东，鱼戏莲叶西，鱼戏莲叶南，鱼戏莲叶北。"

游动在《诗经》《乐府》里的鱼儿们早以鱼文、鱼图、鱼俗的形式深深沉淀在中华民族的记忆里，演绎成别具一格的鱼文化，鱼则成为与爱情、与美好、与吉庆、与和谐紧密联系的隐喻。古诗中常以"鱼"为比，或以"鱼"起兴。《陈风·衡门》："衡门之下，可以栖迟。泌水洋洋，可以乐饥。岂其食鱼，必河之鲂。岂其取妻，必齐之姜。岂其食鱼，必河之鲤，岂其取妻，必宋之子。"以鱼隐喻恋人与爱情，以食鱼比娶妻。《卫风·硕人》："河水洋洋，北流活活。施罛濊濊，鳣鲔发发。"以捕鱼喻娶妻和新婚。《卫风·竹竿》以钓鱼喻求爱。以网鱼喻得妻，以网破喻失妻，以钓鱼喻求爱，遂为后世作品常用的手法。原始人在陶器上画鱼，古人以鱼为礼物相互馈赠，年画画鱼，待客用鱼，过年吃鱼，以图"年年有鱼（余）"。"鱼水情深"比喻和谐的人际关系。"相濡以沫"比喻相依为命。鱼与人，在更多的时候已经合为一体了。

带上鱼竿，在微雨的周末赶往升钟湖，或者打把天堂伞，带上心仪的人一起漂荡在纯净的湖面，不能不说，这是三千年前《诗经》画面的重现。

垂钓山水间，情定升钟湖，谁说这美丽的湖泊不是天设地造的爱的天堂？

今天，这迷人的仙境，又会走进谁的诗中呢？

掩藏在桂花里的彼岸小城

人非草木。这只是一个成语的上半句，其实，草木与人是血脉相通、心意相连的。草木，是人在物质和精神上的依托。视草木如草芥的，不是一个有情有义的人。在更多的时候，人还不及草木。从古至今，先辈们便把深情的隐喻藏进草木，让草木传承不朽的哲学。

桂花与南部，是注定的一段缘分和隽永的传奇。在桂枝间看南部的高楼，或者在南部的高楼间看桂花，其实都是一个绝好的角度和绝美的姿势。

桂花，又名木樨。因其叶脉形如圭而称"圭"，因质坚皮薄、属木樨科而称"木樨"，因其自然分布于岩岭间而称"岩桂"，因开花时芬芳扑鼻、香飘数里而称"七里香""九里香"。文献中最早提到桂花的是《山海经·南山经》，曰"招摇之山多桂"。屈原在《楚辞·九歌》中曰："援北斗兮酌桂浆，辛夷车兮结桂旗。"汉代至魏晋南北朝时期，桂花已成为名贵花木和上等贡品，汉初引种于皇宫。唐宋以来，桂花栽培始盛行。唐代文人植桂、吟桂蔚然成风。宋之问在《灵隐寺》中有"桂子月中落，天香云外飘"的诗句，故后人亦称桂花为"天香"。唐宋以后，桂花多在庭院栽培观赏。元代倪瓒的《桂花》中有"桂花留晚色，帘影淡秋光"的诗句，记录了窗前植桂的美景。桂花在民间栽培始于宋代，盛于明初。

世人常以桂花喻德。《翰林杂事钞》载："武帝谓东方朔，孔、颜之道德何胜？朔曰：'颜渊如桂馨一山，孔子如春风，至则万物生。'"桂花不仅是人间佳树，还是神话中的月中之树。白居易的七绝曰："遥知天上桂花孤，试问嫦娥更要无。月宫幸有闲田地，何不中央种两株？"李白曰："相思在何处，桂树青云端。"李商隐曰："月中桂树高多少？试问西河斫树人。"传说月中有蟾，登科又变成"登蟾宫""蟾宫折桂"。温庭筠有"犹喜故人新折桂"之句，意为祝贺老友最近进士及第。《花镜》中这样描述："金风播爽，云中桂子，月下梧桐，篱边丛菊，沼上芙蓉，霞升枫柏，雪泛荻芦。……乃清秋佳境也。"桂花因与"贵"同音，更为世人所爱。在院中植金桂、玉兰、海棠，则意谓"金玉满堂"。种玉兰、海棠、牡丹、桂花，则意谓"玉堂富贵"。又加之嫦娥奔月的故事，也让桂花酒成为爱情的佳酿，让所有两情相悦的人迷醉。

桂花，与富贵、贤达、爱情这般亲近，一个爱桂花的人，必然是一个有品位的人。

与桂为邻，居桂中央，无疑是一种幸运。

南部，这座隐居在桂花香中的小城，在历史与时尚中审时度势，穿越进退。隐与显，全在这方百姓的张弛之中。张则显，弛则隐。一张一弛，时显时隐，已成为不可解析的人文密码融入这方水土。南部，蛰伏了这么久，风华显露的时刻已经到来！

南，一个君临天下的朝向！南部，一个在等您的地方！

瓦屋修辞

见到瓦，就想起川北乡下的老家。看到"屋"字，我家陈旧的土木农舍就浮现眼前。面向瓦屋，横空而来的却是一座立地顶天的巨大书台，细细打量恰似农家瓦房硬山屋顶的轮廓。瓦屋，山，在此竟是一个洪大而文雅的修辞。

立夏小雨，来到瓦屋山下，屏风似的墨绿大山在乳白的云雾中时隐时现，仿佛徐徐打开的山水横轴。大法瀑布、三星瀑布和浴仙瀑布从半山的树林和雾气中飞身而出，如三幅洁白的绢帛长卷从书台垂下，在天地间飘扬。黛青的山石树影在长卷上勾画出枯涩顿挫、偃仰欹斜的墨迹，这是世上最自然灵动的行草。是谁家书台巍峨山水为文？是谁挟风带雨笔走龙蛇？我凝神伫立，向这位隐于蜀山之巅的旷世高人默默致敬。

沿着曲折的石阶，顺着当年邓通铸钱的旧道，在瓦屋山低山区前行。途经猴群聚点，雨中大小猕猴张望着前来觅食，其中有只一尺多高的小猴温顺地抱着妈妈，把红红的脸埋进妈妈的怀里，仿佛害羞的孩子。猴们的眼睛清澈漂亮，也如同我们一样观望这些陌生的过客，完全看不到尘世的纷繁欲望。猴们可能觉得这样的对视和逗乐太无趣，就索然跳跃远去，看着它们不曾回头的背影，我竟有些许被遗弃冷落的怅然。雨中的珙桐是头一次看到，每朵花都有手掌大的两片白色苞片从圆圆的花序边伸展开来，如满树洁白的鸽子展翅欲飞。瓦屋山低山区多是杜鹃林、红豆杉，树皮粗糙但无斑驳沧桑之感。但进入原始森林区，青冈、桢楠等枝干上长满了绿油油的苔科藓科，整个树变得毛茸茸的，仿佛长满赘生物的老人。树犹如此，人何以堪。如果人体长满如此寄生之物，估计离辞世已经不远，然而这些树却安然无恙。在山顶的冷杉林里，不少树干上寄生的杜鹃还开出了一簇簇娇艳的花，把深山老林打扮得喜气洋洋。我想，这些藤萝、苔藓、蕨类和花，肯定是两情相悦，嫁嫁娶娶，在与世隔绝的深山你来我往，旁若无人地丰富着自己的生活与生命。是的，在这个地球上，没有哪一棵树、哪一枝花会看人的脸色而生，绝不会因看花人的心情而改变自己的花期。其实，万物并育而不相害，道并行而不相悖，才是自然大道。

次日，经金花桥索道直达山顶方台，十二平方公里的原始森林在烟雨中迷离深远，清冽的溪水从云雾中静静流出，溪边杜鹃花满树绯红，在雨水侵蚀下，花瓣大多萎蔫，只有花蕾在雨珠下分外娇柔。有年久的杜鹃花树已经盛开过，树下落花积成一片花的毯，游人走过后零落成泥。不知道有人问你来看此花时有何所思，你会如何回答呢？林家黛玉姑娘或许又会前来葬花，并低吟浅唱："杜鹃无语正黄昏，荷锄归去掩重门。侬今葬花人笑痴，他年葬侬知是谁？"当然，让我触景生情的却是田震高亢沧桑的声线："山上的野花为谁开又为谁败，静静地等待是否能有人采摘。"当然，世间流传的还有不少逸事。如明代有段著名的对话，友人指着岩中花树问王阳明："天下无心外之物，如此花树在深山中自开自落，于我心亦何相关？"王阳明答："你未看此花时，此花与汝同归于寂；你既来看此花，则此花颜色一时明白起来，便知此花不在你心外。"此花看还是未看，都无人惜从教坠。其实，满山的杜鹃，甚至对脚下的溪水都毫不在意，万亩杜鹃谷外的杜鹃潭几乎未飘浮过杜鹃花瓣。花辞树，如叶归根，它们只愿在瓦屋山经历自己的朝朝暮暮、荣枯生死。对山里的大熊猫、牛羚、血雉、黑鹳、纳鱼以及珙桐、桤木、楠树们来说，瓦屋是家，山即是家，它们无意远离。当然，也有例外。

细细想来，瓦屋山就是古词牌"青玉案"的外化之形。山顶平台树木丛生，除人工开辟的道路外，其余无人能行进半步。除了鸟、云烟以及花香之外，应该就只有水能来去自如了。两千余米高的孤独山峰之上，水量竟然如此充沛。鸳溪、鸯溪、兰溪从草木深处流出，一曲一折来到悬崖绝壁前的水潭，都在这里回旋思忖，作最后的决断。石潭层层，溪水滑过长满青苔的石头，顿时飞珠溅玉，白浪排空，哗哗之声不绝于耳，人语鸟鸣都穿插不进。此刻，山中是喧嚣的静谧。山上的草木千百年来都不曾移步半尺，粗壮的冷杉倒下也无人收拾，冷箭竹、杜鹃、忍冬、蔷薇等灌木丛密密匝匝地越过枯老的横木，在山顶编织着一道严密的防护墙，年复一年地就把这座大山守护成原始森林。但是，再严实的草木都挽留不住水，草木们唯一能做的，就是目送溪水飞身下山。当日细雨淅沥，云雾苍茫，溪水们簇拥到悬崖边，转眼就不见踪影，这哗哗的声响是草木们让流水捎的话还是挽留流水的骊歌？这亦如岩中花树，此水是否在你心外呢？

瓦屋山的瀑布上百条，但都不会直下千尺。上德若谷，上善若水。山顶的瀑布只流到山腰，在山间静修，然后再从别的山头下行。知其雄，守其雌，为天下溪，这也是瓦屋山水的道德经。下山的水，如此谦逊内敛，看来老子骑青牛到瓦屋山修道成仙的传说不是空穴来风。下山云游的这些水，此刻以瀑布纵身一跃，何时会以哪种方式重回山顶呢？无疑，再回首已是地老天荒。山腰曲折的游步道把大大小小的瀑布和溪潭亭台串联在一起，瀑布间隔虽然很远，但总能听到它们响

114

亮的声音，或许是山顶鸳鸯池里分别的水在互相打听另一滴水的消息。

瓦屋山下有万亩雅女湖，水色如同山色，映照着大山。这些从山顶远道而来的水聚集在一起，回望自己家的屋脊，它们只有如此，将自己老家铭记心底。我知道，日后它们将静静地进入青衣江，然后经洪雅、夹江、乐山汇入大渡河，随长江入海，从此浪迹天涯音信难觅。我知道，这些从瓦屋出来的水啊，无论流到哪里，它们都不会丢失水的道德，不会忘记家乡的瓦屋青山。

瓦屋如山是乡关，瓦屋的另一个名字叫乡愁。

船舷上的临江坪

到了四川，请你一定要记得趁早去一次临江坪。或许你还不知道临江坪在哪里，但这已完全不重要。

在川北，如果你乘船到了一个有棵粗大黄桷树的渡口，那请你一定要下船再向前走几十步，不必害怕那些温柔叫唤的护家狗；如果你远远望见树荫间掩藏着的粉墙黛瓦，请你一定不要被村前那一湾碧水迷惑，这里不是周庄也不是乌镇；如果你在弯弯的山路上遇上了一位明眸皓齿的村姑，那你就不必再向她打听哪里是临江坪了，只要顺着她乌油油的辫子一直往前走，你便会找到临江坪。

或许你能让时光倒流，再年轻二十年岁，但你却不能在当年找到如今的临江坪。所以，现在你来正是时候，一定不要错过。

二十年前，临江坪面临的不是江，是一条河，叫西河。西河藏在深闺，可能无人识得，但是从西河顺流而下，有一条江叫嘉陵江，这应该是无人不知的了。南来北往的商贩逆嘉陵江而上，便会进入西河直至剑阁。西河边上有个临水的地方，叫仙女坟。如此让人浮想联翩却又不敢再往下想的一个地名，必然有个美丽的传说，这个传说也必然有个凄婉的结尾。然而传说已经不再重要，因为仙女坟的女人们比传说更让人心动。可以说，西河沿岸的女子，唯有仙女坟的女子水灵。虽然仙女坟也曾山高路陡，但仍阻不断从对面高山上走下来说亲的媒婆。媒婆总是把村里的女子一个一个引荐到远远的富贵人家，于是，仙女坟也因此名扬远近。

仙女坟的女子一个一个远嫁他乡，于是仙女坟也一家一家富裕了起来，嫁出去的女儿没有不想着娘家的。于是，仙女坟的庄稼汉们便有了更多的空闲坐在房前的土坡上看水涨船高，看筏走云来。于是，村里的私塾先生便给村子换了一个闲味十足的名——临江坪。

临江坪在西河边守望了多年之后，终于一出门便可以望见一片粼粼碧水了。村里的汉子们过去扛的犁头和背的背篼甩在墙角成为历史的见证，家家户户都打起了小船，妇女们也学会了用桨，当上了渔妇。水里捞起的鱼虾一串一串挂在向阳的壁头上，占据了当年红苕的领地。村民们虽然不太习惯水乡的生活，但是日子却一天一天富足起来，男人们的腰身更加粗壮了，女人们的皮肤更加润泽了。仙女坟的女子们每天总要掬几把清澈的湖水，洗去世袭的土气，露出俏丽的容颜。湖水让临江坪更添风韵，湖水让仙女坟的村姑们更加惊艳。

山前山后的男男女女都到南方北方打工去了，临江坪盛产的美女们也一个一个远走他乡，但这并不影响村子的美名。三五年过后，挣够钞票的男男女女再也舍不得离开这个依山傍水的村落，在自家过起了家居的日子，接待一拨又一拨来钓鱼和游山玩水的远客。

朝朝暮暮，临江坪的村姑们抑或脚踏渔船，在湖面漂来荡去，是再世的凌波仙子；临江坪的小媳妇们抑或在黄桷树下的渡口边浣洗衣裳，捣衣声声，她们是尘世间最动人的牵挂。

再告诉你吧，临江坪早已不是河，更不是江，而是湖了，叫升钟湖。

临江坪，便是升钟湖船舷上挂着的一幅水墨画。

路过周口

如果说古城阆中是个裹着碎花蓝布旗袍的大家闺秀，那么周口古镇便是个地地道道散发着泥土芳香的乡下小媳妇。

嘉陵江一路袅娜过来，阆中的女子们大多早已假舟楫流连于阆山阆水之间，而周口的媳妇们则顺着长长的石梯下河去淘菜洗衣裳。嘉陵江把阆中几乎围了一圈，然而在周口却擦肩而过，周口的媳妇们更觉得这是上天的恩赐，因而从不敢亵玩这盈盈碧水。

路过周口，也就靠近了遥远的北宋。

小街上毛糙的青石板沿着一家家院门伸向山脚，小街尽头是一段一段的陈旧石梯，在石梯之外的之外，便是宋朝那抑扬有致的韵文。上一段台阶，再上一段台阶，传说路边的低矮小楼便是当年周敦颐溯江而上到南部的歇息之处。有人说当年周先生爬上这长长的石阶，见眼前一片青瓦岚蔼和满池莲蓬，便流传下了一篇脍炙人口的《爱莲说》。千里嘉陵，一路风光无限，周先生驻足周口，必定还另有原委，或许是因为当年吴道子也曾相中这块灵秀山水的缘故，或许是此地有司马相如与卓文君缠绵传说的缘故。吴道子选此地描绘嘉陵秀色，不可不谓此地有绝代风华，更何况此地还有凤求凰的悠远余音。周敦颐步吴道子后尘，来到周口凭吊远去的一代风流人物，在众人的请求之下，难免要乘兴抛洒潘江陆海。濂溪祠静静地驻留在石阶的一边，任凭风云变幻，它一直安然守望着那扑朔迷离的人间佳话。

周口原名舟口，也便是艄公们上船下船的路口，也便是清早媳妇们送自己的男人打鱼或远行的路口，也便是傍晚女人们守候自家男人回来的路口。千百年来，女人们早把这个路口站成了一个专有名词，一直到宋朝。沿江一路风尘而来的周敦颐遥望吴道子当年的画江楼，也不由得心驰神往。在众多女人守望的舟口，这位理学大师跳下船头，追寻着历史留下的印记，穿过下河街一直前行。周先生身后，簇拥着一群不懂白话的文学青年，然后到了一个叫水井湾的地方。想必周先生在大家的盛情款待下，早已醉眼蒙眬，席间自然谈起司马相如与卓文君的经典爱情。或许再大胆联想，其中是不是有位叫莲的文学女青年对周先生顾盼生情。然而，必然是过客的周先生只有借物寓人，以表心迹了，于是那个叫莲的文学女青年便在周先生的笔下成为一道千古绝唱："予独爱莲之出淤泥而不染，濯清涟而不妖。"停留数日后，周先生继续西上，到南部县寻访当朝高官蒲宗孟。然而，他身后的舟口则从士子们的口笔下开始，变成了周口、周子。

周口的旧事只有如此道听或者猜测了。然而，最让人放心不下的还是这一路过来原原本本的旧镇风情。

走在窄窄的老街，一张朱漆的门板就是一户人家。不长的小街上，零零落落飘着酒旗，开着茶肆。三五个行人旁若无人地过来过去，不知是旅人还是本地人。不时有提篮拄杖的妇孺和挑担背包的汉子上上下下，让人感觉时空已经倒流。街口铁铺传来叮叮当当的金石之声和行人在青石板上踏出的嘚嘚足音，让古旧的小镇更加静谧恬淡。打铁铺的炉火纯青，简直不含表演的水分，下河街的姚麻花香脆可口，完全不必再打广告，矮低的房檐下挂着才打捞起来的鱼片和褪色的灯笼，临街的窗口撑出长短的各色衣裳和风干腊肉……来到周口，仿佛进入了线装的古书，又像走进了沈从文的边城。

长长的台阶蜿蜒而上，在楼门拐弯处消失了，道路好像全包藏在尖角的房檐下面。石阶两边，一层层随意垒起的台基斑驳陆离，刻满了岁月沧桑，石缝中不时长出粗壮的藤萝或青苔，也有结着红果的绿树，让路人总要一看再看。有人说那树是万年青，仅那粗枝茂叶和满树红果，就让人知道什么叫历史了，因为很少看到万年青长成了树。

周口，最宜在落寞的时候去，静静地走在陌生的街头，在历史与现实中忽隐忽现，不会担心永远走不出头。在陌生的街口，如果期望正好遇上自己想遇着的人，周口其实是最好的一个地方。

路过周口，没有前尘往事，没有过眼烟云，只有周口。

蜀南有竹海

在川北，只需微微一抬头，就看到了蜀南。

蜀南与川北，声律对仗，信手捻来放在一起就天衣无缝。有一年，我们县上召开文代会，朋友要送我们一幅画以示祝贺，我俩绞尽脑汁才拟出"蜀南竹海天下翠，川北渔乡世上奇"的题款。在这个推敲的过程中，我突然发现，有阴影的，不光是高墙大树，还有不少字词语句。一个词句的巨大身影往往会把另一个词语的光芒掩蔽，以致同一个事物，换一个词语竟然无人能识。

蜀南竹海，多年前就听说了这个四个字，形象生动，方位清楚，过目不忘。大意是说，在我居住的川北向南望去的群山之外，有一片如海的竹林。竹子我们都不陌生，竹海不过是一片竹林吧，我老家屋后就有一大片，所以我对竹海也就没有多少特别的期待。我认识的朋友也是个作家，她说她老家也在川北，现居住在长宁县，蜀南竹海就是她们县的。耳熟能详的蜀南竹海和陌生的长宁如何对等起来呢？蜀南竹海一见如故，长宁居然还是头一回听说。就好像升钟湖与南部县，"中国升钟湖、世界钓鱼城"对旅游爱好者、钓鱼爱好者魅力十足，但提到南部县，估计不少人对这个已经叫了一千五百多年的县名还是非常陌生。

文代会胜利闭幕后，我便陪河南的文友从川北直达蜀南，半天时间就从嘉陵江边来到长江南岸。进入长宁，又认识了一个新词——淯江。一路上，蜿蜒的淯江与岸边的竹林默契配合，一曲一折，峰回水转，一幅江碧山青的长卷便徐徐展开。河南的郑先生看惯了荒芜黄土，到了长宁，不住赞叹这方难得的宝地，希望年迈后来此养老。次日一早，我们便直奔竹海，还没有进入景区，在十里翠竹环拱的绿色长廊里就让人叹为观止。一路上，长宁作家小夏向我们一一介绍，粗壮孔武的楠竹、温柔敦厚的慈竹、瘦劲干练的斑竹，竞相展现。川北有竹，多是丛生的，而长宁的竹散生居多，漫山遍野，一字排开，蔚为壮观。浓密的竹荫下，覆盖着灰白的厚厚竹叶，没有给别的植物留一点生存的空间。一株株竹子，一个劲地向上生长，争先恐后，直入云霄，遮天蔽日。即便是正午时分，也只有星星点点的阳光可以透下来，成团成丝的阳光，是游人留影最好的反光镜。不少新人在竹林里拍摄婚纱照，选中一块阳光，正对着太阳打个面光，再扭下身子来个侧光，遮光板都用不着了。竹林里散布着不少农家乐，这里的竹家菜更是养身至宝，竹荪、竹花、竹笋、竹筒饭、腊排……散发着阵阵清香，与竹木的清香一道，让游人陶醉其间。

如同这片浓郁的竹荫，蜀南竹海这个名词把长宁这个县名深深地遮蔽了起来。同行的李老师也是川北人客居在蜀南，他儿时就在山上生活，给竹子记生长年份、间伐竹子扛下山、采竹笋竹荪……他给我们介绍，楠竹还分性别，有公有母，要不，这竹海也不会如此人"丁兴"旺。竹海的前身是万岭箐，从此，这个简洁词语的光芒便一天天照耀四方，直至把长宁这个生养这片竹海的名字遮掩。

终于，长宁与竹海的距离变短了。那几天，我们还参观了两个地方，一个是金楠木艺，一个是小城的书画工作室。金楠木艺不大的门店里摆满了货真价实的楠木乌木制品，一进门就闻到了淡淡的楠木香。

这个被称为"二楠"之乡的地方，不仅有楠竹，还有珍贵的楠木。热情的陈总还带我们参观了他的加工厂，开发的文化产品也是利用这个小城特有的楠竹和楠木加工而成，细腻、精致，还带着特殊的光泽和香味。我在闻到了竹香、木香之后，又闻到了墨香。长宁县城不大，然而县城里我们已经看到了两家书画社。一弘先生的水墨画和翰缘轩文煊先生的字，可算是这个小城又一处文化景观。次日晚，我们再次路过一弘先生的画室，他正准备把一幅六尺大画挂上墙，说早上让人买走了一件，要再挂上补那个空。竹木养生，书画养眼、更养心，居住在蜀南这个小城，是多么幸运！

竹海尚长宁，宁静而致远。竹木情怀，诗书芳华。竹海长宁，宜居，宜业，更宜宾！

剑门行

如果说五百里蜀道就是一部三国的断代史，那么，剑门关便是其中最精美的华彩段落之一。

剑门关位于四川盆地北部剑阁县境内的剑门山，是川陕公路上最重要的关隘。剑门山东西横亘百余公里，峻岭横空，危崖高耸，地势险峻，气势磅礴。主峰大剑山峰如利剑，森若城郭，峭壁中断，两崖对峙，形似大门，故称"剑门"。剑门关自古为秦蜀交通之咽喉，乃兵家必争之要塞，素有"剑门天下雄"之赞誉。三国时，蜀将姜维率五千将士曾在此抵挡魏国钟会十万精锐之师，创下以少胜多的兵家神话，为后世兵书所津津乐道。诗仙李白也曾在此慨叹："蜀道之难，难于上青天。""剑阁峥嵘而崔嵬，一夫当关，万夫莫开！"

进入关隘，不时可见"天下雄关""第一关""剑阁七十二峰"等历代碑刻。从剑门关到剑阁县城的蜀道两侧，古柏参天，繁茂蔽日，蔚然如云，此道故而得名"翠云廊"。翠云廊上生长有秦代的"皇柏"、三国的"张飞柏""晋柏"、明代的"李公柏"和清代的"潘家柏"等历代地方官员组织栽植的古柏树，翠云廊也因此俗称"皇柏大道"。史载，蜀将张飞镇守阆中时也曾命将士栽植柏树十万余株。"三百余里官道，数千万株古柏"，历经千年风云，愈显雄浑苍道。廊外山花烂漫、艳阳高照，廊内却苔花荫雨、凉风袭人，万千景象，此为一大观也。踏着蜀道上油光的青石板，漫步厚重的翠云长廊，怀古幽思便油然而生，遥想秦月汉关，吟诵唐风宋韵，感怀历史之苍远，长叹光阴之易逝，世人无不会在此受到最好的精神洗礼。

循道而行，便见关楼。剑门关关楼雄踞关口，气势恢宏。当年蜀相诸葛亮经剑门六出祁山，北伐中原，他见此处壁高千仞，谷深树茂，穷地之险，极路之峻，便在此依崖垒石，建关设尉，并修阁道三十里，始称"剑阁"。剑门关关楼历经多次烽火，屡毁屡建，却雄风依然。关楼现为三层木石结构的仿古建筑，底层以青石条错缝筑成，四面成墙，坚不可摧。墙外黄泥勾缝，中生野草，每到秋冬之时，墙头枯草肃杀，关隘寒风四起，仿佛烽火当年。底座中砌拱形门洞，有铺首含环、乳钉密突的两扇铁门，遇治世便开，逢战乱则闭。外门中墙石柱上有一联，云："矗立冈峦，起伏蹲踞如猛虎；迂回栈道，蜿蜒曲折似长蛇。"横额书"剑阁"二字。中楼为箭楼，砌有瞭望台、射击孔。楼间宽敞，可操武练剑。楼阁横梁立柱皆有合抱之粗，阁上翘檐各抱地势，卷梁钩心而斗角。翘檐四周悬挂的金铎时鸣，韵声悦耳，余音绕梁。临北正中门栏上悬有一匾，书"雄关天堑"，中两柱的楹联为："崇山有阁千秋画，流水无弦万古琴。"外两柱的楹联为："道德五指千古秀，蜀山万里剑门雄。"登上三楼，清风徐来，顿感神清气爽。楼阁间陈列了不少珍贵文物古迹，内间壁上有清代果亲王允礼书题的诗句："谁携天外芙蓉锷，高挥层霄见太空。阁道摩空星斗近，仙风吹入玉屏行。"还陈列了历代书法家书写的张载《剑阁铭》、李白《蜀道难》、柳宗元《剑门铭》等诗文，真草篆隶，妙笔生辉。推窗远望，关山重重，巍巍秦岭赫然在目，正如楼阁上楹联所言："蜀道关头险，剑门天下雄。"横额："眼底长安"。

关楼东侧山崖上，有一座高耸的烽火台，四周射孔密布，无限森严。烽火台与关楼以城墙相连，续断起伏，上通下达，浑然一体。楼下依崖傍山修有栈道，与关楼、城堡相互呼应，尽现"飞梁架绝岭，栈道接危峦"的奇观。

　　剑门关是由北而南进入天府之国的最后一座城堡，穿过剑门关便进入天府腹地。在历史的分水岭，剑门关依旧千古雄风，默默述说着世间的沧海巨变。

最忆有柳絮如雪

柳树，应该是与诗歌最亲近的树木之一了。只要略识些字的人，都会说出几句与柳树有关的诗句。世间草木如此之多，为何柳树有此等殊荣呢？

柳树能与诗人们走得这么近，或许是因为它太柔弱了吧，柔弱得像经不起世俗和物质轻轻一击的清瘦文人，柔弱得像一位腰身无骨的绝世佳丽，柔弱得像不能把握自己命运的古代女子。正因为柳树有如此女性化的外在形象，它便理所当然地留在了才情无限的才子佳人的心田，于是柳树的一丝一绺、一静一动便成为文人笔下绵绵不绝的字句。

儿时老家后门外有一口池塘，是父亲挖出养鱼的，里面还有从山沟里搬回来的广子石堆成的假山，池塘边有棵粗大的柳树。自从我能记事起，那棵柳树就存在了，有碗口粗。每年春末，柳树上便会出现一条一条毛毛虫一样的东西，过些天便落在地上，捡起来细看才发现是树上长的。又过了些时候，柳枝长长地垂下来，一直落到长满水葫芦的水面上。水葫芦开出了蓝色的小花，微风吹拂，那柔弱的柳枝仿佛要摘下那些美丽的花朵戴在自己头上。池塘边是一条村里人来来去去的土路，每天午后，柳树下的石条上都会坐着不少过来乘凉洗脚的人。

上学后，读到不少关于柳树的句子，而且都是些意想不到的精美语句。有关于爱情的"月上柳梢头，人约黄昏后"，有表达愁绪的"一川烟草，满城风絮，梅子黄时雨"，有写思念的"章台柳，章台柳，昔日青青今在否"，有抒发怀乡之情的"昔我往矣，杨柳依依"，有感怀时世的"昔年移柳，依依汉南。今看摇落，凄怆江潭。树犹如此，人何以堪"。不论是美好的，还是伤感的，都与柳树联系得这么紧密。我这时也才感慨，我家那棵柳树长了那么些年岁，我怎么没有想到它与诗居然有这么多牵连呢？

后来，有人说是我家门外有池塘，阳宅弱。为了子女能成才，父亲便断然填平了那个池塘，还砍了那棵柳树。到了下一个夏天，路过的人都在惋惜，如果那棵柳树不砍，在树下吹吹凉风，多舒服啊。其实，在贫困的乡下，根本没有那么多的诗情画意，为了生计和温饱，大家成天都忙忙碌碌，人们看不到希望，便把一切都寄托于神灵。

柳树砍后，我就到了上中学的年龄。我翻山越岭到山那边一个偏僻的乡村中学上学，几年后，又到县城上学，终于走出了那片贫瘠的土地。我想，是不是因为父亲填了池塘的原因呢？

我对柳树的印象，一直停留在老家的池塘边和远古的诗文中，二者根本联系不到一起，诗中的柳树与我家后门外的柳树好像根本不是同类。

去年清明，我与妻子借机到成都偷闲。城市那么大，我们乡下人去了分不清东西南北，便向书中指引的地方寻找，于是到了杜甫草堂。看了草堂声光电高科技样样齐全的展厅后，没有多少特别的印象，随后出了草堂大门来到浣花溪畔，我便看到了几十年来让我最为心动的一幕。

暂不说浣花溪大大小小的石头上那些优美的诗篇，暂不说刻在诗歌大道坚硬地板上的那些传世名句，暂不说诗歌大道两旁耳熟能详的诗人们的各种塑像，我与妻子慢慢走在弯弯曲曲的林荫道上，突然发现一绺一绺的白色羽毛样的东西在眼前飘飞，我再仔细一看，发现满天全是这些东西，我赶快说："污染！可能是附近化工厂排出的废气。"我俩正准备躲开，突然听到有人说："这些柳絮真漂亮！"我俩一听，哑然失笑，这居然是诗词中常说的柳絮，真是蜀犬吠日，吴牛喘月。乡下人穷，仍未温饱，哪有闲心栽种成片的柳树来欣赏柳絮呢？

　　这一刻，我竟十分羡慕省城的民众，能时不时踏上这如诗如画的小路，还能亲眼看到柳绿春浓、满城风絮的画面，真幸福。如能每天走上一回这样的小路，那不能不说是人生一大幸事。我和妻子慢慢地走过这段如雪飘飞的小路，看着它们慢慢轻盈地飞过去，消失在更多的飞絮中，想象着如果别人看到我们走过这段小路的情景，是一种什么感觉。

　　乡下人不常到一回省城，居然能遇上此等美景，我也觉得三生有幸，能在古人时时吟诵的诗句中走过，这无疑是任何一个人梦寐以求的。走过那段小路，我又回头看那漫天飞雪，心里又是一阵悸动。

　　这一刻，我终于明白，柳树的诗意并不是文人赋予的。柳树，那么超凡脱俗，那么特立独行，怎能不让诗人情有独钟呢？

情迷阆中龙舟节

五月，对我来说就是一句诗和一组画。诗是中学时看过的一句"菖蒲青青，悬于五月之门"，我始终忘不掉。画则是我现在想说的，那一幕幕精彩构成的五月完整的记忆，却与遥远的阆中有关。

至今已两千三百多年的川北重镇阆中，是与丽江、平遥、歙县齐名的中国四大古城之一。每届阆中龙舟节上的龙舟赛、巴渝舞、皮影、灯戏、木偶、剪纸灯等民俗表演经典盛宴，无不淋漓地展示着她独特的神韵，彰显着古巴蜀文化的神奇魅力，真是誉溢四海、叹为观止。

嘉陵江流到阆中便称为"阆水"。五月初五赛龙舟，是阆水之上千年不变的习俗。一进五月，阆中城内皆张灯结彩，喜气洋洋。端阳当日，古城万人空巷，涌向江滨，城头旌旗招展，人头攒动，江面舸舰弥津，热火朝天。在摇旗呐喊声中，随着急促的鼓点，一只只华美的龙舟在锦屏山的倒影间穿梭，如诗如画，让人永世难忘。若能再吃上几个糯米粽子，喝上一杯雄黄酒，一辈子都会醉迷。可惜我不是游泳好手，倘若也能下河抢到一只鸭子，那天生丽质、顾盼多情的醋城妹妹就会给我戴上美丽的桂冠，那我一生都会鸿运当头。

看罢阆中龙舟赛，又闻当年巴渝舞，实在是巴适。阆中巴渝舞称巴蜀文化的"活化石"。古巴人狩猎御敌，老少上阵，舞蹈呼喊，后演绎成狩猎舞、战舞。巴人后裔遍布川陕鄂黔湘等地，其文化艺术同宗而异流。晋陕地区的威风锣鼓、云南民间的采茶戏，都是巴渝舞的老树新枝。有文字记载，巴渝舞是中国最古老、最繁盛的舞蹈种类之一，其歌、舞、乐三合一。伴奏乐器主要为鼓，辅以铜锣，鼓称"巴象鼓""八仙鼓"。舞蹈时，男袒臂，女束发，头戴面具，随锣鼓而起，踊跃呼号，分合有序。击鼓舞戈的巴渝舞，盛行于阆中。龙舟节期间，在阆中大街、广场上，欣赏一场巴渝舞，那感觉确实爽。难怪有诗文传世："巴象鼓声骤，列队环街游。今朝闻遗响，遥念范三侯。""阆苑景色秀，江山十二楼。歌舞巴渝盛，古风尚存留。"

到阆中不瞧一眼世界绝活皮影戏，可谓遗憾。皮影戏又称"灯影戏""皮猴戏"等。皮影戏内容多为传统历史戏、神话剧。皮影艺人一手摆弄剪影一边演唱，并配以器乐，极富视听效果。阆中皮影艺人王文坤首创的"王灯影"为中国一绝，曾多次出国演出，奥地利前总统西莱辛格在观赏后还授予王文坤一枚金质奖章。龙舟节上看罢王文坤家庭皮影艺术团的绝妙表演，才会真正体会"王灯影""双手摆弄百万兵，一曲说尽千古事"的魅力所在。

龙舟节上看一出川北灯戏，仍不失为明智之举。灯戏艺人点亮有"五谷丰登""人寿年丰"等字样的大红灯笼，摆开场子，敲锣打鼓，弄丝拨弦，表演诙谐，雅俗共赏。竹枝词《看灯戏》云："一堂歌舞一堂灯，灯有戏文戏有灯。庭前庭后灯弦调，满座捧腹妙趣生。"川北灯戏又称"喜乐神"，是川剧的前身，常取材于民间传说和现实生活，多为喜剧。表演贴近生活，综合巴渝舞、杂耍、猴戏、"跳端公"（庆坛）等艺术，无固定套式。音乐则源于川北民间小调、神歌、嫁歌等，朴实明快，优美动听。阆中"灯班"还参加过上海国际喜剧艺术节，在京城剧院演出过。

入夜来，在阆中街巷走一走，别有一番风味。古城街巷各种彩灯争奇斗妍，煞是惹眼。其中最佳者数剪纸灯，剪纸灯又叫影子灯，是将有各种吉祥寓意的剪纸饰于壁上，如剪五谷蜜蜂，谓"五谷丰登（灯）"；剪喜鹊梅花，谓"喜鹊登（灯）梅"；剪五个娃娃，谓"五子登（灯）科"。有一种"跑马灯"最为精美，剪纸在灯内旋转，影子在灯布上时隐时现，栩栩如生。

　　当然还有木偶等民俗表演，皆堪称绝妙。唉，我现在唯一想做的就是吟着"阆中胜事可肠断，阆州城南天下稀"，再亲自去阆苑仙境走一遭啊。

铅华之下的禹迹山大佛

南部县城东北 25 公里处，有一山，名禹迹山，相传为大禹治水驻足之地。《蜀中广记》卷二十四《名胜记》载："县东南与蓬州相接三十里为禹迹，禹治水所经也。"禹迹山腰有一唐宋石刻立佛，叫禹迹山大佛。由于禹迹山位于南部县碑院镇，因而佛像又称碑院大佛，据说此佛还为全国第一古代石刻立佛。乐山大佛虽举世闻名，但它是坐佛，能站立千年而又保存完好的最高立佛，应该首推南部县的禹迹山大佛了。

从南部县城出发沿唐巴公路行车 20 多分钟，便会在苍松翠柏间看到草木不生的绝壁危岩和红墙黄瓦的亭台楼阁，这就是禹迹山国家 AAA 级风景区。人至景区，沿绝壁石道拾级而上，大佛寺便展现在众人面前。大佛寺为五层重檐斗拱建筑，色彩斑斓，鲜艳夺目。穿过满是高香的香炉，进入大佛寺，方能目睹大佛真容，正如寺门外长联所说："来自天竺国，丈六金身，化作九丈佛像，巍巍乎，山石为体，清泉为宅，龙虎为邻，久居此十丈明楼之内；重修嘉靖年，方圆台阁，供给四方人缘，朗朗然，庙貌永新，香火永盛，日星永照，长立于万方瞻仰之中。"

禹迹山大佛即为景区一大奇观，大佛为释迦牟尼站立像，高 18 米，腰宽 6.13 米，下摆宽 5.2 米，足长、宽均为 1.3 米。佛像面颊丰满，两耳及肩，双目微启平视，鼻梁平直，直贯额心，嘴角微翘，肃穆安详，悲智皆俱。佛身魁伟硕壮，佛头有髻，袒胸束腰，裸肘赤足。左手屈，中指与拇指相扣成环状，结"说法印"；右掌扬齐胸，手心正向，结"无畏印"。内着僧衣，薄而贴体，外罩袈裟，宽袖飘逸，刻工精细，造像严谨，有"曹衣出水、吴带当风"之神韵，线条流畅简洁，造型古朴端庄。大佛面南而稍向西，负岩而立，除背上部与山崖相连外，其余不与岩石相连。下肢离崖两米有余，游人可环腿游览。在大佛身后的石隙里，有泉水长年不绝，清冽甘醇。在大佛寺建成之前，远望禹迹山，山是一尊佛，佛为一座山。后来，有人为了佛像不被风吹日晒得过早风化，建起了楼阁，把佛像保护其中。

禹迹山大佛为省级保护文物，从近人留存的照片上看，佛像曾彩绘装饰，但年岁久远，已斑驳陆离，而且面部有破损痕迹。现在，我们看到的大佛已登堂入室，满面铅华，只有佛像身外楼宇上的三个圆孔，才得以让佛光普照，人们对这件文物的保护实在是无微不至。或许正因为有了大佛寺的庇护，这尊大佛才如此完整。或许正因为这尊全国第一立佛被藏进了楼阁，所以至今，他的声名才杳无人知。大佛寺，给禹迹山大佛盖上了一层只有三个圆孔的木质面纱，让所有远方的游客望而却步。红白的铅华，将佛像的尊容掩藏，只有风化的碑刻在述说着佛像的年龄，然而粉面丹唇的佛像又怎奈世人的质疑，佛像的尴尬幸好已经深埋进厚厚的油彩下。

出入宏大的大佛寺，导游一再解说此佛的高大悠久，有全国第一乃至世界第一的地位，然而，在众多游人看来，这只不过是类似众多大殿中的一尊现代雕塑。络绎不绝的香客上上下下，他们也全然不顾此佛是何物，文物也好，泥塑也好，只要许个愿能灵验，便只管焚香磕头。于是，这尊国宝级的佛像便在日复一日的烟雾中更加扑朔迷离了。

2007 年 5 月 25 日，国家甲级规划院专家、四川大学旅游学院教授吕一飞等人实地考察禹迹山风景区后，提出了拆除大佛寺的部分建筑，让大佛亮相的建议。看来，这尊掩藏在深山楼宇里的千年巨佛又将重见天日，又将洗尽铅华让佛光真正普照了。

灵云洞：出岫为霖迎朝晖

山不在高，有仙则名。水不在深，有龙则灵。然而，南部县城城中偏北的灵云山又是因何而灵呢？山也不高，水也不深，更没有仙翁仙姑长住于此，是不是名不符实呢？

南部的灵云山早年叫蟠龙山，有大小两座。小蟠龙山北侧山腰有一著名溶洞，洞口呈半月形，有十余米宽，三米多高，洞内宽敞，可容上千人。相传这个洞叫朝阳洞，每天清晨，嘉陵江流向的崇山峻岭间，升起的太阳发出的光辉便会直照洞内。更让人诧异的是，每逢洞内有烟雾缭绕，飘向洞外，天必降大雨。特别是每逢干旱之年，乡民都要到洞前祈雨，每求必应，十分灵验。洞聚灵气，山笼灵云，于是人们便叫这个洞为"灵云洞"，这座山也随之改称为"灵云山"。

唐宣宗年间，乡人蒲景珣隐于此洞，潜心修真，得道后悬壶济世，吕洞宾闻之拜望不遇，于洞口外用瓜皮题诗：我自黄梁未熟时，已知灵谷有仙奇。丹墀玉露妆珠圃，剑阁寒光烁翠微。云锁玉楼铺洞雪，琴横鹤膝展江湄。有人试问君山景，不知君山景是谁。后吕洞宾得道成仙，于是灵云洞名声更大了。

清光绪年间，灵云山麓办起了一座书院，寓"勤学苦练、壮志凌云"之意，称为"凌云书院"。于是，人们便常称此山为"凌云山"，此洞为"凌云洞"。20世纪90年代，洞、山皆还其原名。《四川通志》《蜀中名胜记》《舆地纪胜》等史书都记载了灵云洞的不少掌故和历代名人的诗文。

灵云洞外危岩绝壁，草木葱茏，洞口上沿曾刻有"出岫为霖"四个大字，为清同治翰林王正玺游览时所书，并与顶端横刻的"穹岫泄云"四个字相互呼应。岩壁曾有明代南部知县载庭礼书写的"仙洞"等各路乡贤名士的题字，可是历经岁月洗礼，刻在石壁上的字早已化为乌有。

灵云洞口上端有一眼山泉，涓涓细流，垂珠而下，经年不绝，清冽可口。前人便在泉眼岩壁处雕琢了一龙头，泉水便从龙口中流出直达洞口的一池内。早年此池为莲池，有落珠溅玉，鱼戏莲叶，可惜此景早已成为历史。洞内深约七十二步，宽五丈许，高丈许，前宽后窄，地面渐由曲背，恰似龙龟之背，踏之有声，如扣钟然，击石鸣响，余音回荡，人称"地鼓"。洞内时有瑞气萦绕，间或飘霏出洞，随即化雨。洞内冬暖夏凉，与世隔绝，实为难得的洞天福地。

后洞自然成台，阴暗黝黑，举火步行，渐低渐窄，不及尽头，一直没有人敢探险到底。洞内左侧石壁下有一小洞穴，相传每逢端午赛龙舟抢鸭子，人们先把鸭子放入洞中，半天时间，鸭子便会从山尾老鸦镇望水垭下的临江洞口钻出，鸭子出现的地方一直沿用鸭嘴的名字多年。后洞右侧石壁有猪食槽一个，只要农妇来此用双手摸槽念道"一把摸出头，喂的猪儿像条牛"的吉语，回去后养的猪定会又肥又壮。

洞内早年还塑有多尊塑像，现已复建部分。洞外原建有灵官楼、灵云亭，但旧址早已草木葳蕤。据史料记载，灵云洞还有灵云仙洞、谷口香泉、瓜皮仙迹、竹林遗爱、云岩滴露、石室藏春、山亭览胜等多处景点，现在大多只可想象了。

所幸洞外早年的凌云书院已日益兴盛，现已环山建成了远近闻名的南部中学，全校师生已逾万人，可谓盛世文昌，源远流长。

如此仙奇的洞府，历代达官贵贤、骚人墨客无不纷至沓来吟诗作赋，故而洞内洞外早年皆有诗词歌赋之碑刻。南宋礼部侍郎、史学家李焘《灵云洞》曰："路转层岗十里余，武陵传者亦难如。昔年练药仙人室，今日餐霞道士居。洞外蟠花开锦绣，岩前石溜漱琼琚。猗与灵气为时雨，可惜图经缺未书。"

灵云洞为南部风景名胜，却数遭劫难，饱经沧桑。所幸2006年被列为县级文物保护单位，已经重新修葺，不再是满目疮痍。无论是阳春三月，还是瑞雪隆冬，拾级而上，造访仙洞，定生别有洞天之感。登临远眺，嘉陵蜿蜒，满目风光，如诗如画，顿感神清气爽。

有道是，从来地灵生人杰。站在灵云山上，遥想历代先贤，无不使人壮心不已，志在凌云。

醴峰观：遥望皇族的背影

川北的崇山峻岭如无数条弯曲粗大的臂膀，一路逶迤向东，把大大小小的村庄城镇全揽入怀中。

在南部县城西北九十公里外的剑门山余脉，有一座南北走向的大山如卧狮横亘、气势宏伟，人称皇后山。穷乡僻壤，怎么会有座山叫皇后山呢？

晋惠帝元康末年，时局动荡，战事连连，天灾不断，关中百姓饥寒交迫，便成群结队逃荒。298 年，略阳、天水等六郡十余万流民涌入相对安定富足的蜀地。早年投奔汉中张鲁政权的渠县人李特和兄弟李庠、李流也跟随流民逃荒。一路上，李特兄弟常常接济流民中的老弱病残，流民们都很感激李特兄弟。

流民入蜀后，贿赂了当时朝廷派来调查情况的官员，于是得以大量分散到蜀中各地打工为生，朝廷已无法禁止。李特进入蜀地后，看到这里的地形后说："刘禅有如此之地而面缚于人，岂非庸才邪？"听者无不惊异。

当时的益州刺史赵廞本是在"八王之乱"初期得势的贾后的姻亲，一直势力很大。李特到益州后得到了赵氏的重用。到了永康元年，贾后失势被废，赵氏本有割据之心，便起兵击败了朝廷任命的新的益州刺史，自称益州牧大将军。但赵廞实乃庸才，虽然独据益州，却不善

139

于处理内部矛盾。李特的三弟李庠骁勇善战，很有威望，赵廞用他却心怀忌恨，加之赵廞身边一帮人又添油加醋地煽动说："非我族类，其心必异。""此乃倒戈授人也，宜早图之。"赵廞一听觉得有理，便找了个借口把李庠杀了。当时李特、李流兄弟都拥兵在外，赵廞赶紧又将李庠的尸首交给李特，并派人对他说："李庠虽然已服罪被杀，但你们兄弟与此罪无关。"让他们仍然做督军。

李氏兄弟对赵廞怀恨在心，此时正好赵廞部属发生内乱，李特乘机偷袭赵廞的军队，击溃赵氏的部下费远等人的各部人马，顺势攻入成都。赵廞带着一家老小仓促出逃，结果被手下杀害。

李特占据成都后，当即向朝廷奏报赵廞的罪状。朝廷任命梁州刺史罗尚为益州刺史，进入益州。罗尚部下认为应早日除掉李氏这个大患，罗尚不从。罗、李双方似乎相安无事。罗尚做他的刺史，李特则屯兵于绵竹一带，并且设立大营收留流民。

罗尚进入蜀中的任务便是遣返流民。李特多次向罗尚请求暂缓遣返，罗尚一面向李特派去的使者阎式表示同意，一面暗自准备进攻李特的流民大营。不想计谋皆被阎式看破，阎式提醒李特要做好准备。数日后的一个晚上，罗尚果然派遣三万人马偷袭流民大营，军队走近营地，见李特大营一片静寂，以为中计，便发动猛攻。刚一进入营地，伏兵四起，杀得晋军大败。

李特凭借六郡流民军队，乘胜追击，不久便攻克广汉。李特入广汉后，约法三章，开仓济贫，百姓拥护，民间还流传有歌谣："李特尚可，罗尚杀我！"

罗尚表面上派使者向李特求和，暗地里勾结当地豪强势力，围攻李特。李特与其妻罗氏率领流民顽强战斗。《资治通鉴》记载："何冲乘虚攻北营……荡母罗氏披甲拒战，隗伯手刃伤其目，罗氏气益壮，会流等破深、绅，引兵还，与冲战，大破之。"讲述的便是罗氏带伤杀敌的故事。太安二年（303 年）李特战败牺牲，罗氏带领儿子们继续战斗。304 年，李特的儿子李雄自立为成都王。光熙元年（306 年），李雄在成都称帝，国号大成，他成为十六国中第一个称帝的人。后来李雄的侄儿李寿继位，改国号为汉，史称"成汉"。

李雄的母亲罗氏是南部县丘垭乡人，罗氏死后葬于醴峰下，此山故名皇后山。

醴峰下有一古刹，名叫醴峰观，是国家级文物保护单位。相传醴峰山间有七口古井，井水甘洌。由于罗氏移居成都后，不服水土，渴望饮到醴峰甘泉。后罗氏病死，其子李雄将罗氏送回家乡，埋在醴峰，并将七口井全部封埋。元成宗大德十一年（1307 年），人们在罗氏墓前的封井上修建了"醴峰观"，也叫"李封观"。醴峰观坐南朝北，飞檐斗拱，红墙黛瓦，大梁上题记为"大元大德十一年太岁丁未正月丙寅"修建，距今已六百九十余年，虽历经沧桑，但其风骨依然。

醴峰观后有一草木土丘，便是皇娘坟。原有墓室与高大的封土堆，由于久经风雨，封土堆仅存高出地面两米有余的土台。20 世纪 60 年代初，当地人掘墓取石，发现叠砌石条的接缝榫眼均用铁汁浇灌，难以取用。现封土已重新修整，墓室尚存。皇娘坟旁有古柏多株，参天蔽日。

罗氏一生戎马倥偬，转战南北，至今丘垭还留有不少当年的遗迹和诸多传说。皇娘坟东南约五百米处有个地方叫李雄垭，传说是李雄幼年时与母亲罗氏居住的地方。皇后山东南草坪尚有壕堑、箭垛等残迹，人称"跑马岭"。岭下有一条清澈见底的小河，人称是罗氏当年经常饮马的饮马河。相传罗氏幼年头生秃疮，常到河边洗头，后来疮愈。

醴峰观周围还有金童山、天鼓岭、巨龙场等，北宋状元陈尧咨的

141

陵墓也在山下。有诗云:"觅古幽情有醴峰,四顾山河击目中。瑞手不难击天鼓,启唇遥呼有金童。两溪合流汇洗马,群山环绕出巨龙。状元皇后今何在?株株古柏贯长空。"

回望楼台古柏,一切都归于沉寂,皇族的背影早已化为历史的烟云,成为永远的传说。

谯周故里忆旧人

南部县东坝镇南三公里处，有一奇秀山峰，酷似凤凰，人称定觉山。定觉山西有一山垭叫凤凰嘴，凤凰嘴下有一通大庙，便是上乘寺。上乘寺原是蜀汉硕儒谯周的祖业。

谯周字允南，汉献帝建安六年（201年）出生于巴西郡西充国县（今四川省南部县），他幼年丧父，孤苦伶仃，只得随舅父生活。虽然生活困苦，但他废寝忘食，熟读典籍，往往读到精彩之处还不住自言自语。蜀建兴二年（224年），丞相诸葛亮推举他为劝学从事，后又擢升典学从事，负责学校、考核、升免等事。在蜀汉时还任中散大夫、光禄大夫，位列九卿。谯周生平著述颇多，主要有《法训》八卷、《古史考》二十五卷和《五经论》《巴蜀异物志》等。晋武帝泰始六年（270年），谯周病逝，终年七十岁。

今年夏天，我冒着如注大雨造访上乘寺，听着当地人的解说，踏上长长的石阶，不由得肃然起敬。上乘寺依山而建，规模宏大，颇为壮观。沿山门拾级而上，便进入第一重殿天王殿。天王殿画栋雕梁，飞阁流丹，由于陆续的修缮，尽显华丽富贵。天王殿后有一块狭长空地，立着两尊高大的香炉，在天王殿的中轴线上，建有第二重殿大雄宝殿。大雄宝殿为明代建筑，青瓦红墙，斑驳陆离，飞檐斗拱，造型独特，历经千年风雨，仍旧庄重巍峨。大雄宝殿后为法宏殿，法宏殿原为七间，现仅存四间，为清雍正年间重建的建筑。第四重殿为观音殿，但早已荡然无存。在主殿两边，原有前后相连的厢房，为钟楼、鼓楼和僧人住房，原建筑早已被毁坏，现为后人新修建筑。

在大雄宝殿外，陈放着十余块明清以来的石碑，记录着上乘寺的有关史事。有一块明嘉靖年间的残碑，刻有"乃三国谯大人之业耳"。清乾隆年间一石碑载："定觉山上乘寺，古名刹也。历代相传，前朝谯大人之俗产，义官周尚澄置买而建佛殿焉。"从石碑上可以得知，上乘寺本为谯周的家业，后为周尚澄买得后扩建成寺庙。

由于上乘寺为谯周故里，风光旖旎，历代有不少显贵文人寻访凭吊。明嘉靖年间，曾任四川按察司金事的杨瞻多次路过上乘寺，留下了十多首吟咏诗作。1542年，他还拨专款在观音殿侧空地增修了一座虚白堂，并作《上乘古寺虚白堂序》以纪念："南部县东南六十里许有上乘寺……余巡历过之，遇晚留宿于此。因逐观殿侧雄伟焉，廊则宏敞焉。佛殿后山麓，仍余隙地，余发公帑为筑一堂。堂成，僧续忍来请名，余题曰：虚白堂。胡谓之虚？唯其无欲；胡谓之白？唯其无色。虚焉，受善；白焉，受采，载虚载白，以匡不逮，慎克有终，斯谓之善事主宰。"其中还有一块顶部雕有二龙戏珠图案的残碑，"虚白堂铭"四字清晰可辨，可惜虚白堂早已成为尘埃。

陈年的法宏殿的隔墙早已破损，从脱落的泥坯下可以看到已经蛀得百孔千疮的竹篾。轻轻一捏，那看似坚固的篾条便轻易化为齑粉。前朝留下的上乘寺终将以旧换新，然而，曾经在这里秉烛夜读的谯周将永远定格。

上乘寺东面有一个山湾叫周家湾，当地人说这里原叫谯家湾，有谯氏祖坟，不时还有谯姓人家过来祭拜，这是怎么回事呢？263年冬，魏将邓艾攻克江油，直逼成都，为避战乱，谯周家眷迁至西充，并将谯家湾改为周家湾，以掩人耳目。

与此同时，后主刘禅早已仓皇失措，群臣多劝南逃或投吴，蜀汉政权摇摇欲坠。谯周知天下大势合久必分，分久必合，他念及蜀中父老已饱经战乱，民不聊生，于是力劝后主降魏封王。后主刘禅采纳了谯周的降魏建议，三国鼎立的格局从此瓦解。谯周因有"全国之功"被魏国封为阳城亭候，后又被授予骑都尉、散骑常侍，但谯周身为蜀国旧臣，均称病不出。七年之后，谯周在矛盾抑郁之中病逝于洛阳，誓死不穿魏王赐的寿衣。谯周曾居安汉，故宅在今南充市顺庆区五里店谯贤铺，其长子谯熙遵父遗嘱，将灵柩运回原籍安葬。1559 年（明嘉靖三十八年），迁墓于城西十里。后墓地被损毁，1988 年，南充市人民政府拨款修复谯周墓，墓地移入工人文化宫后院大花园中。

谯周死后，时局果然如他所料，蜀入魏两年，司马炎建立西晋，280 年，晋灭吴，至此，分裂割据局面结束。对于谯周的降魏主张，自有公论，但他对学生陈寿的影响，不能不说是功在千秋。谯周学识渊博，在他的悉心教导下，陈寿熟读史书，产生了研究历史的志趣。谯周勇于批儒创新的精神，使陈寿能秉笔直书，"有良史之才"。谯周身体力行，悉心研究巴蜀史，学生陈寿亦追随老师。谯周因"体貌素朴，性推诚不饰，无造次辩论之才，然潜识内敏"而形成语言质朴、力戒浮华的文风，陈寿的《三国志》亦"善叙事""文质而洽"，以简洁概括见长，无繁冗芜杂之弊。也由于谯周多次告诫陈寿"卿必以才学成名，当被损折，亦非不幸也，宜深慎之"，使得陈寿在仕途蹉跌之中仍有不坠青云之志，最终使得《三国志》流芳后世。

陈寿在《三国志》中著有《谯周传》一篇，传记中说谯周幽默风趣，连诸葛亮都曾被其逗乐。

　　风雨之中追忆故人，泣沥不停的雨声或许正是古人满怀酸楚的诉说。

三陈故里访英贤

　　"长岭越三千，桃李艳艳映重霄。看陈祠晴云、宝殿飞檐、三洞夜月、漱玉秋风，快赏旱桥天成，乐听马跑泉音，休忘却，逍遥拜老君，佛岩览祥光，尽将大桥八景收眼底；峥嵘逾万纪，杨柳飘飘接天际。溯省华安民、尧叟击寇、佐公修史、咨保长安，欣颂谯周匡国，惊观朝柱扬威，须长叹，永维战朝鲜，志士还古韵，会当新井七杰注心间。"

　　悬挂在南部县大桥镇三陈祠的这幅长联，让每个品读的来者不得不为大桥的地灵人杰所折服。联中所指"八景"，是大桥古镇的八处名胜，"七杰"便是这方沃土曾经养育的精英。三陈祠还有一联曰："新井市中存八景，桂花桥上访三元。""三元"便是指唐朝新井令陈翔后裔陈省华的三个儿子：陈尧叟、陈尧佐、陈尧咨。南部人称其为"陈氏三状元"。唐高祖武德元年（618年），新井县建址于今南部县大桥场东侧。唐末，陈翔任新井县令。北宋初年，陈省华三子相继中进士，尧叟、尧咨中状元，尧叟、尧佐相继为宰相，尧咨为节度使，"新井三陈"一时闻名天下。虽然时过境迁，但在水泥浇铸的楼房和道路的周围，仍能搜寻到不少有关陈氏父子的遗迹，还能听到流传多年的佳话。

　　大桥镇离南部县城七十余公里，在大桥镇后的金鱼山上，三陈祠安然坐落。三陈祠上下两层，粉墙红瓦，飞檐翘角。一楼大厅里矗立着陈氏三兄弟的塑像，三兄弟或文或武，巍然站立在家乡的山岭上，守望着这一方灵秀山水。在雕塑两边，放着几块从场镇附近挖掘出的古碑。其中一块是"唐新井令陈公讳翔府君之神道"碑，石碑已经断裂，不见题款。有一块是"出兄弟状元宰相瑞笋处"石碑，可以清楚辨认出是清光绪十七年知南部县事黄崐的题字。还有一块是"宋三陈先生读书处"石碑，为清光绪十六年知保宁府王樹汉的题字。为了保护好这几块石碑，大桥陈氏后裔费了不少心血，筹资修建了三陈祠，并把这些文物移入宗祠。

三陈祠东北有一个小山湾叫书岩湾。那里竹木茂盛，清幽绝俗。山湾内有一长三十八米、深三米、高四米左右的一个呈弯月形的天然岩洞，叫漱玉岩，是陈氏三兄弟早年读书的地方。仰头还可以看出"漱玉岩"几个大字刻在岩洞顶上。洞顶还有不少突出的小石孔，相传为陈氏兄弟效古人头悬梁、锥刺股，勤学苦读留下的痕迹。漱玉洞内的石壁上，还刻写着不少文人墨客来访时留下的诗句，其中还能清晰地辨认出一首眉山诗人的作品。

离漱玉洞不远处有瑞笋湾，因三石笋而得名。《陈氏族谱》载："先祖下葬时，天降鸿雨七日，地生瑞笋三根，兄弟将相迭出。""瑞笋"就是如竹笋状的石头，质青坚硬，中笋高达两米，略呈方形，左右圆而略低，可惜已在"文化大革命"中被毁坏。清道光年间南部县令李澍有诗曰："新井县中石笋生，联床风雨读书声。峙来鼎足无双品，占尽鳌头第一名。此日迹留西水曲，当时纸贵洛阳城。春风得意马蹄速，仍是陈家难兄弟。"

陈氏三兄弟先后获得功名，世人景仰，其中"陈康肃公尧咨善射，当世无双"。一天他正在家中练箭，遇一卖油翁，他们各自大显身手，于是便有了宋代大文豪欧阳修的千古名篇《卖油翁》，同时

"熟能生巧"的道理便与这个成语一样，万世流传。在大桥镇南侧，有一座十余米的石墩平桥，为陈母"杖坠金鱼"处。《南部县志》载："金鱼桥在县西九十里，宋尧咨守荆南归，母冯氏问尧咨：'汝典郡，有何异政？'答云：'过客已见善射。'母怒曰：'不能以孝报国，一夫之技，岂父训哉。'击以杖，坠所佩金鱼，故名。"陈母严格教子的故事流传至今。

大桥镇东南五十米处原有一座三块巨石砌成的桥，桥中刻龙，扬首奋须，故称"龙桥"，可惜也已损毁。桥旁有口凿于整石上的古井，口小腹广，水清味甘，大旱不竭。传说陈母冯氏在汴京思念家乡的水，尧叟以驿马驰送，故名"思乡井"。现思乡井还在镇政府大院内。

"三陈"虽然功名显达，但与眉山"三苏"相比，还是鲜为人知。"三陈"生活的年代早于"三苏"，其功名、官职也远远超过"三苏"。同时，他们也都勤政爱民，苏轼治理西湖，留有"苏堤"，陈尧佐治理钱塘、卫河、汾河，留有"陈公堤"。究其原因，"三苏"美名因有文章传世，正如三苏祠一联所说："宦迹渺难寻，只博得三杰一门，前无古，后无今，器识文章，浩若江河行大地；天心原有属，任凭他千磨百炼，扬不清，沉不浊，父子兄弟，依然风雨共名山。"

在"三陈"风范影响下，大桥名人辈出，清代名将鲜于朝柱、"罗盛教式的国际主义战士王永维"、美国波士顿学院纳米实验室首席科学家任志锋等一代代后生脱颖而出，传承着川北深厚的文化和美德。

状元马涓与南部状元桥

在南隆古镇的街巷穿行，很难发现一些几百甚至上千年前的物件。倒不是这个古镇没有历史，据史料记载，南部县驻此也有一千五百多年了。只是当地人善于破旧立新，让这个古镇处处呈现的都是新意。

幸好此地还有一条状元溪和一座状元桥，通过这两个名词，我们尚且可以得知这并不是一个新兴的城镇。

南部县城的状元桥在炮台路与新华路交汇处不远的溪流上。相传北宋状元马涓及第后衣锦还乡，遇上县城西郊溪水暴涨，家乡人民闻讯，便迅速架了座木桥迎接他。这溪从此就叫状元溪，桥也称为状元桥，状元桥后改建为石桥，现在则成为钢筋水泥桥。桥两边林立的商铺把状元溪隔在现实之外，让路人很难想起脚下曾经的辉煌岁月。至于状元桥旁边的状元街，也是近年来后人为纪念马涓而命名的。

马涓，字巨济，今南部火峰乡人，宋哲宗元祐六年（1091年）状元。传说马父到中年都没有儿子，便纳了小妾。当马父得知这个小妾是为筹钱安葬父母才卖身为妾时，深为感动，便送她回家。不久，马父梦见一老翁，老翁感谢他说："我，妾父也，闻之上苍矣。愿君家富贵，涓涓不绝。"后来，马妻怀孕，生了一个儿子，马父便给儿子取名马涓。

马涓天资聪慧，刻苦好学，后高中状元。马涓中状元以后，被派到秦州做通判，是知府的属官，负责文案。马涓到了秦州，拜见知府吕晋伯时，自称为新科状元。吕晋伯对他说："状元的称号，是中了进士还没有委任官职时用的。现在你已做了官，不可再对别人自称为状元了。"马涓很惭愧，连忙向吕晋伯道谢。吕晋伯又教诲马涓说："科举之学其实没有多大用处，然而自我修养一定要好好提高，为政治民的学问不可不知啊。"马涓听了吕晋伯这番话，对他既尊敬又佩服，从此把吕晋伯当作老师。

当时，研究程颐学说的理学家谢良佐在秦州，吕晋伯经常带马涓去听谢良佐讲《论语》。吕晋伯每次总是正襟危坐，专心听讲，他说："圣人的言行就在眼前，我不敢不严肃恭敬。"马涓深受教育，在秦州做签判的经历，对马涓一生都有重要影响。后来马涓做了御史，做事严谨，很有政绩。每当人们夸奖他时，他都说："这都是吕公当年教诲指点的结果。"

刘器之晚年在南京做知府，马涓在南京做少尹，是他的副职。马涓参加殿试时，刘器之是阅卷的官员，是他把马涓的试卷挑出来推荐给皇上的，因此他自称是马涓的老师。可马涓每次见他时，并没有行师生之礼，刘器之很不高兴，就对别人讲了这事。马涓得知后说："事情并非如此。尚书省和礼部举行的考试，主考官主持考试，所以考取者把主考官尊为老师。而殿试是皇上亲自在主持，考取者是皇上的学生，怎么能又向其他人称学生呢？"刘器之听闻，心悦诚服，从此不再提及此事。

当年，朝中宰相蔡京弄权，广罗党羽，排斥打击异己，又千方百计诱导皇帝贪图享受，他本人也是极为奢华。京城腐化风气盛行，大小权贵成天纸醉金迷，然而百姓却在内忧外患中艰难度日。马涓见此情景，深为国家和百姓焦虑，于是不顾个人荣辱与安危，毅然上书皇帝，斥责蔡京一伙穷凶极恶、误国殃民。当时宋徽宗昏庸，政事全由蔡京等奸臣把控，因此，马涓遭到蔡京的打击报复，被罢官。马涓回家后，不再出仕，后死于家中，葬于南部县定水镇马村庵。

马涓书文俱佳，可惜早年的大量诗文被蔡京集团搜出焚毁，仅有《宋代蜀文辑存》《新刊国朝二百家名贤文粹》收录其一些作品。南部县城文庙后状元溪边山岩上，刻有马涓手迹"晴霞夕照"几个大字，笔力雄健，但早已连同马状元当年的荣光淹没在枯草泥沼和历史的尘埃之中了。

尚书左丞蒲宗孟：人去楼倾留清风

"寒可无衣，饥可无食，书不可一日失。"这是北宋蒲宗孟时常告诫子孙后学的话。翻开《宋史》《全宋词》，关于蒲宗孟的记载并不多。

蒲宗孟（1028—1093 年），字传正，谥号恭敏，今南部县宏观乡人。宋仁宗皇祐五年（1053 年）中进士。宋神宗熙宁元年（1068 年）召试学士院，为馆阁校勘。神宗熙宁六年（1073 年），进集贤校理，后转翰林学士兼侍读。元丰五年（1082 年），拜尚书左丞。元丰六年（1083 年），知汝州，加资政殿学士。哲宗元祐八年（1093 年），死于任上。有文集、奏议七十卷，已佚。

蒲宗孟正直多谋，在任三司提举帐司官时，参与制定新法"手实法"，积极支持王安石变法。在任翰林学士兼侍读时，枢密都承旨张诚一骄横放肆，时常假借皇帝的旨意威胁同行。蒲宗孟发现后，禀告皇帝。皇帝看出蒲宗孟刚正不阿，便封他为尚书左丞。当年郓州强盗猖獗，有强盗把老百姓捉去倒埋在坑中，强盗们以看受害人挣扎的双脚取乐。蒲宗孟到郓州任知州后，抓住强盗后按同样的方法处死强盗，极具威慑力。凡是抓住了强盗，他当天就拿出钱物到州府大厅行赏，因而所有官兵都非常卖力，郓州治安迅速好转。起初强盗盘踞在梁山水荡，难以捕捉，官兵只有搭起长梯侦察强盗在芦苇里的活动。蒲宗孟到任后，仅仅下了一道"严禁船只出入水荡"的命令，便断绝了强盗的粮食，强盗只得自动解散。

唐朝，五品以上官员按级别分别佩金鱼、银鱼、铜鱼，翰林学士则没有。蒲宗孟担任翰林学士时，神宗皇帝说："翰林职清地近，而官仪未备，自今宜佩鱼。"于是，宋代翰林学士佩鱼便始于蒲宗孟。明代萧良有编注的《龙文鞭影》中言"细侯竹马，宗孟银鱼"，记载的就是蒲宗孟挂银鱼的掌故。

蒲宗孟与眉山"三苏"有姻亲关系。当年蒲宗孟有奢侈享乐的习气。蒲家的儿媳终日只教丫鬟做各式图样的"酥花"，加糖凝结，作为饭后小吃。蒲宗孟平常盥洗，有小大洗面、小大濯足、小大澡浴之别，每次需要多人服侍。他曾经把自己的养身之道告诉苏轼："晚年学道有所得。"苏轼回答说："闻所得甚高，固以为慰。然复有二，尚欲奉劝，一曰俭，二曰慈。"苏轼被贬黄州后，谣传苏轼病死。神宗听到非常难过，就问蒲宗孟："朕听说苏轼已在黄州病故，是真的吗?"蒲宗孟回奏说："近日京中确有此传说，不过真假尚未证实。"那时神宗正在吃午饭，叹了口气说："难得再有此等人才。"于是离桌而去。

苏洵去世后，蒲宗孟作《老苏先生祭文》，称赞道："天有灵气，不知自秘，无物得之，独先生兮敛为才智。地有灵光，不知自藏，无物得之，独先生兮发为文章。先生之才，非众人之才也，凌厉勃郁，驾空凿密，超后无前兮自为纪律；先生之文，非众人之文也，健紧遒壮，排山走浪，谈笑睥睨兮若无巧匠。"

蒲宗孟尤其爱才。他与北宋理学家周敦颐初次见面就聊了几天几夜，并做主把自己的妹妹嫁给周敦颐作为继室。周敦颐病逝前，写信给妻兄蒲宗孟说："吾独不能补助万分一，不得窃须臾之生，以见尧舜礼乐之盛，今死矣，命也!"表达了对人生的留恋和对未竟之事的遗

154

憾。周敦颐病故后，蒲宗孟撰《周敦颐碣铭》，说他"孤风远操，寓怀于尘埃之外，常有高栖遐遁之意"。

蒲宗孟工诗善书，《全宋诗》收录了二十六首他的诗，还有部分书法作品传于后世。南部县宏观乡场对面有座岱城山，相传是蒲宗孟的出生地，山下岱城桥边有蒲宗孟的衣冠冢。蒲宗孟生前曾在岱城山上修建清风楼，是南部县历史上第一座私人藏书楼，可惜后被焚毁。

当年的盛事早已化为烟云，只有清风美名代代相传。

工部尚书李先复：浮津铺的美谈

　　六百里西河蜿蜒曲折，流经南部县竟达四百余里。西河经过南隆镇枣儿境内的不远处，有个浮津铺，是清朝工部尚书李先复的故里。

　　李先复（1650—1728 年），字子来，号曲江，为进士李永登之子，故居在今南部县南隆镇枣儿办事处三清村一个叫双槽门的地方，家乡人都叫他李子来。清康熙十一年（1672 年），李先复中举，后官至兵部侍郎、工部尚书，为当朝重臣，政绩卓著。

　　李先复自幼聪颖好学，现南部县窑场乡境内的龙楼庙相传为李先复早年就读的私塾。李先复中举后，委任山东曹县县令，后调任湖北大冶知县。在任期间，他以"田赋征实，解运维艰"为由上书皇帝，请将黄安、麻城等五县的征实改为征银。翌年十二月，湖北督宪奉旨，同意田赋粮改为征银。李先复还作《楚民寓蜀疏》上奏湖广居民入蜀垦荒的情形，"开荒携家入蜀者，不下数十万"，佐证了"湖广填四川"之说。

　　李先复为官清廉，办事干练，政绩斐然，仕途可谓一帆风顺。康熙三十七年（1698 年），升任陕西道试监察御史，再调奉天府丞。后被召入朝做通政司参议，主要是收各地官员的奏本送内阁办理。又调任大理寺少卿，掌管刑狱，相当于最高人民法院副院长。后又升兵部侍郎、工部尚书。李先复为人稳重，办事可靠，深得皇上信任和倚重。

康熙五十二年（1713年），康熙派李先复到河南祭告嵩山，赏赐他带绿营兵为仪仗随从，这是很难得的高规格待遇。李先复一时威风八面、荣耀无比。

康熙五十四年（1715年），新疆西部少数民族首领策妄阿拉布坦叛乱，进攻西藏、青海，朝廷即派大军征讨。西藏、青海偏僻荒凉，道路险阻，气候恶劣，运输困难，如粮草不能保证供应，必定会影响战事。康熙让兵部侍郎李先复督办军粮，李先复非凡的军事才能得到了展示。李先复接受任务后，多方筹措粮草，克服各种困难组织运输。很快，他开辟了一条快捷的运粮道路，及时把粮草运到前线，化解了边境军队的供给困难。叛乱平息后，李先复作为一名汉人，得到康熙的称赞，被提升为工部尚书。

两淮地区是产盐重地，盐税又是国家税收的重要来源。当时盐商常和地方官勾结，偷税漏税，腐败丛生，朝廷派工部尚书李先复到两淮查审盐务。李先复到实地查清了两淮盐务历来所欠的税款数额，向朝廷建议，应由地方主要官员补交所欠税款。朝廷同意了李先复的建议，李先复责成江南总督、巡抚等主要官员各出八万银两，补齐税款。从此，地方官员再也不敢纵容盐商偷漏税收了。

雍正二年（1724年），七十二岁高龄的李先复告老回乡，在南部老家过着朴素淡泊的生活，他辞官回乡时囊中羞涩，却经常周济附近的穷苦乡邻，还捐资建"三元""北极"等十二亭于南部县城。

李先复是诗人王世贞的门生。李先复到沈阳曾得一方辽砚，自己舍不得用，回去送给了老师王世贞。王世贞爱不释手，不断向同仁展示，并称辽砚品质应列诸砚之上，赞不绝口。李先复工诗善文，有颂扬南隆镇烈女坟村烈妇郑氏的长诗《断臂烈妇行》等作品传世，亦曾撰《南部县志》，可惜已失传。

三百年过去了，浮津铺的人们对李先复的故事仍津津乐道，乡民们还捐资雕塑了李先复的塑像，以供后人瞻仰缅怀。

蜀汉荡寇将军张嶷：
忠骨埋汉中　英魂归南部

陕西省汉中市汉台区龙江镇柏花村有一座高十米、占地六百平方米的墓冢，碑刻"汉荡寇将军张嶷之墓"，是县级重点文物保护单位。这个张嶷，是今南部县南隆镇人。

张嶷（194—255年），字伯岐，三国时蜀汉名将，封关内侯。张嶷二十岁即为县衙功曹。刘备定蜀之际，山寇进攻县衙，张嶷冒着刀光剑影，带领县令家眷逃出重围，名声大振，后召为益州从事。

张嶷足智多谋，屡建奇功。建兴五年（227年），诸葛亮北伐，山贼张慕等时常在广汉、绵竹一带抢盗军资、劫略官民，都尉张嶷前去讨伐。张嶷想到一旦山贼四处逃散，便难以擒获，于是假装与他们和谈，摆酒设席谈判。等酒酣耳热之时，张嶷突然率部挥刀斩杀张慕等人，再追查其同伙，十多天便平定山贼。张嶷也因功升为牙门将，带三百兵马，隶属于马忠。张嶷曾随马忠北讨汶山叛乱的羌人。张嶷率兵马做前锋到了他里。他里山势险峻，羌人在要冲之地堆积了大量巨石抵抗。张嶷知道不能强攻，便让人传话过去：汶山羌人部族反叛，伤害百姓，天子命令讨伐你们之中的恶徒。你们如果让我军通过，资助粮草，可保福禄永隆。如果执迷不悟，大军赶到诛杀叛军，到时反悔就来不及了。对方听闻，顿时心惊胆战，赶忙出来迎接张嶷。张嶷顺利进军前去讨伐其他部族，部族叛兵听说他里已被攻下，顿时方寸大乱，结果张嶷大获全胜。通过三年的安抚征战，所有的反叛都被平定，张嶷也因功封关内侯。

蜀汉在王平、马忠等第二代战将去世后，和姜维共同支撑局面的主要是张嶷和张翼。南中自诸葛亮死后多次叛乱，杀死太守，使后来的太守不敢上任。张嶷任越西太守后，恩威并施，协助少数民族耕种、畜牧、经营盐铁，发展经济，赢得南中人民的信任，对开发南中地区，贡献卓越，后主刘禅因此加封张嶷为抚戎将军。张嶷驻守南中达十五年，张嶷离开南中时，当地群众依依不舍，挥泪道别，乡民跟随张嶷者竟达百余人，朝廷后加封张嶷为荡寇将军。

张嶷思虑周密，颇具见识。建兴十四年（236年），武都氐王苻建请降，于是蜀国派将军张尉前去接应，却久久得不到消息，大将军蒋琬深感忧虑。张嶷向蒋琬分析：苻建诚恳地要求依附，必定没有其他企图。只是苻建之弟非常狡猾，而且夷、狄不能相处，恐怕会起异心，所以暂时停留当地。数日后消息传来，果然如张嶷所料，苻建之弟投降魏国，只有苻建归顺蜀国。大将军费祎对新投降的人不加防备，张嶷深以为忧，写信告诫费祎说："昔岑彭率师，来歙杖节，咸见害于刺客，将军位尊权重，宜鉴前事，少以为警。"提醒他位高权重，要注意安全，费祎没有重视，结果被魏国降兵郭脩刺死。

253年，诸葛恪准备再进攻魏国。张嶷觉得不妥，便致信诸葛瞻：孙权刚死，孙亮年幼，诸葛恪担负辅佐的任务。听说孙权并没有把杀生赏罚的事情交代给部下执行，直到临死一刻，这才仓促召诸葛恪处理后事，实在是逼不得已的选择。如今诸葛恪远离少主，出国境作战，不是明智的决定。虽然吴国法度严苛，上下和睦，只是世事难以预料，这难道不是智者需要考虑的吗？后来，诸葛恪果真由于自负，被灭三族。

张嶷一生多次跟随诸葛亮和姜维征战，立下了许多战功。延熙十七年（254年），姜维北伐，张嶷患严重的风湿，须拄拐站立，但张嶷坚决随军北伐，他上奏后主刘禅说："臣当值圣明，受恩过量，加以疾病在身，常恐一朝陨没，辜负荣遇。天不违原，得豫戎事。若凉州克定，臣为藩表守将；若有未捷，杀身以报。"大意是说：我现在有病在身，常常担心忽然死了，不能报答皇上的恩情，幸好近来我的病好了一些，可以参战。如果这次能攻取凉州，我愿再做边疆的守将，如果不能取胜，我愿以生命报效国家。后主听了，感动得流下了眼泪。张嶷在北伐中英勇善战，在与魏将徐质的交战中，因寡不敌众，战死在甘肃。越西群众听到张嶷的死讯后，无不悲泣，并为之立庙四季祭祀。在成都武侯祠，东西两廊各塑有十四尊文臣武将的塑像，张嶷的英武形象依然栩栩如生。

陈寿评价张嶷说："嶷慷慨豪烈，士人咸多贵之。""张嶷识断明果。"《益州耆旧传》载："张嶷仪貌辞令，不能骇人，而其策略足以入算，果烈足以立威。为臣有忠诚之节，处类有亮直之风，而动必顾典，后主深崇之。虽古之英士，何以远逾哉！"

千百年过去了，张嶷的事迹早已鲜为人知。然而南部人民对他仍念念不忘，通过三国人物画谱，我们还能捕捉到张嶷的些许风采。

第四辑

何处是故乡

雪在乡下

雪，是乡下怀才不遇的文人。

在冬天的乡下，比起风或者雨，雪的书卷气实在是太浓了。在某个冬日的午后或者深夜，雪便飘飘洒洒地行走在乡下的山水间，一袭白衣，天马行空，飘逸潇洒，远没有风的萧瑟和雨的嘈杂。风来之时，落木翻飞，杂乱无章；雨过之后，四下泥泞，一片索然。雪飞了，天地间白茫茫的，浩浩荡荡，熙熙攘攘，却毫无声息，无不让人惊叹如此壮观的寂静。雪一到乡间，处处转瞬便文采斐然了。

村里房顶的青瓦越发青黑，在白的雪上有序排列，是工整的竖幅小楷，瓦缝间散出的炊烟若隐若现，亦如满堂书香。四下枯树寂然，线条遒劲，枝上雪白如荧，这便是天工的长卷山水画了。远山起伏，在白雪渲染下，所有的丘壑一览无余，整个山村一片亮堂，天地仿佛近了许多。雪下的乡村，除了黑白的写意画外，也有小幅的色彩。麦苗、松柏、菜蔬，在雪的泼洒下，仍透出浓浓的绿意，这些点缀，反倒让乡村更加黑白分明了。

飞雪的乡村，天空写着的全是诗行，常常无人能懂，因而，雪的怀才不遇也就司空见惯了。只有写诗的文人偶尔与雪相遇，才互相应和。于是，关于雪的句子便从西周一直续写到今天。"昔我往矣，杨柳依依。今我来思，雨雪霏霏。"《诗经》中夹着的那片浸透伤悲的雪花，经过春秋战国、秦汉三国、隋唐五代、宋元明清，直到今天，都不曾融化。自从西周的诗人遇见第一片雪花开始，雪花便频频与诗人邂逅，从此诗人的冬天便不再寂寞，有雪或者无雪的冬天也不再荒芜。冬天，雪与诗便是这个季节最为丰收的庄稼。

雪到唐朝，也才华横溢了。雪与诗人们经常把酒当歌，对饮吟哦，雪在唐朝风流无边，与柳宗元独钓寒江，与刘长卿柴门夜归，与杜甫共望窗外西岭，与李白齐悲镜前白发。雪，生活在唐朝，是诗人们的福；诗人，在唐朝遇见雪，是雪千年修来的缘。

雪，带着唐朝的遗风越过灞桥，阅尽人间冷暖，一路绝尘独行。雪路过城市和古代，来到南方或者北方，寻找自己的栖身之地。雪在当今这个尘世也无多少立足之地，南方完全无地可居，北方也只在乡间有一隅之地，即便是在北方乡间，雪也只有三五天的短暂停留。在更多的时候，雪只是文人笔下的一帘幽梦。文人对雪的怀念也如雪的怀才不遇，是那样的持久与悠远。

雪，在川北是难得的客。川北的雪总那么恰到好处，不厚不薄，宛如一层十分精致的粉黛。然而，在雪应该到来的时候，往往却杳无音讯，让这一片土地没有了诗情与画意。在没有雪的冬天，那方水土必然苦涩无味。在这个冬天，雪却不期而至。在城市的惊呼声中，雪却头也不回地走向乡间。是不是因为雪在都市只是玩物？是不是因为雪在城市只是一种欢乐的背景？雪在乡间，雪才是自由的，雪在乡间，雪才是灵性的。在遥远的乡下，纵然孤独，然而，雪至如归。

雪飘在山梁，雪飘在池塘，雪飘在村口的小桥上。乡间一如雪国，如诗如画。然而，我身居的城市，除了灰色的水泥高楼与灰色的荒郊野岭，只剩对雪的向往。

雪，在乡间盛开，却让我居住的城市更加荒芜。

回想玉米

玉米其实是乡下最受歧视的品种了。

玉米在乡下叫苞谷，一个很俗套的名字。在乡村慢慢富裕的时候，苞谷便随之退出了人们的视野。苞谷的引退其实也是一个很世俗的事件，仅仅是因为不合人们的口味。苞谷不像某些物种，与生俱来善于迎合，它也不热衷于催化剂、转基因的包装，独自安静生长。在种子们上太空风光一圈回来后忙着变大增重的时候，苞谷还是那么土气地穿着厚厚的粗糙衣裳，仍旧素面朝天，独来独往。应该说，苞谷是庄稼中涵养最深的一种了，然而，苞谷仍然退居二线。

在乡下还贫穷的时候，苞谷顿顿不离。苞谷面、苞谷砂、苞谷米经常被变换着各种花样端上餐桌，吃得人们口干舌燥，但却也虎背熊腰。慢慢地，苞谷便沦为饲料了。如果要说苞谷最能勾起人们记忆的，那一定是爆米花。爆米花虽然不能当饭吃，但应该是苞谷最有情趣的细节了。往往是在年关之前，乡下便飘扬着爆米花的芳香了。

在某个上午或下午，大路上传来悠扬的吆喝："炒爆米花了！两块钱一锅。"于是便有农妇喊："到这儿来。"担着爆米花机的老汉便一步一摇地过来了。他支起爆米花机，将半瓢脆干的苞谷倒入半球形的爆米锅内，封好顶盖，然后把爆米锅架在柴火上不停转动，让它慢慢均匀受热，师傅看火候到了，提起爆米锅，将有顶盖的那一端朝向大背筐，只听呼的一声巨响，浓浓的爆米花香便四下散开，满地全飞溅的是白花花的爆米花。只要听说哪个院子在炒爆米花，四周的小孩子都成了不速之客，围着那老汉直咽口水。当那声巨响让胆小的孩子还没有回过神来的时候，胆大的孩子早就抢了一大包爆米花了。

炒爆米花往往是两块钱一锅，或者用五斤苞谷以物折资。一天下来，炒爆米花的老汉便背上了一大背苞谷。为了让自己的生意更加兴隆，炒爆米花的老汉还准备了一小瓶糖精，在炒爆米花的时候，先往锅里放上几颗，这样炒出来的爆米花又脆又甜。有的小孩子想占便宜，硬要人家多放点糖精，心想越多越甜。那老汉笑着先让小孩子尝上一颗糖精，结果苦得小孩吐个不停，原来糖精放多了味道就变了。

苞谷在爆米花的故事之外，应该就算嫩苞谷了。嫩苞谷其实也算不了什么新鲜事物，只不过是年轻一点的苞谷罢了。在乡下，嫩苞谷吃腻了，贤淑的主妇们便把嫩苞谷棒子煮一大锅，再把熟透的苞谷米粒剥下来晒干制成缨米子豆豆，存放在柜子里，在二三月拿出来煮在稀饭里，比什么都香。

近些日子，嫩苞谷在城里比较吃香。听说一个煮熟的嫩苞谷一块钱一个，能抵几斤干苞谷。是不是连苞谷老了也会没有人要呢？年轻漂亮的嫩苞谷成为城市的新宠，这或许也是都市的流行病之一，由于追逐声色已经变得有些异化的人们，在大街上猛啃几口嫩苞谷，是不是也很时尚呢？其实，苞谷还是苞谷，嫩苞谷的走俏，让人有一种耻辱的感觉。

乡下七月，苞谷全挂起了胡胡。乡下人叫胡胡，其实那些红的白的，更像是苞谷的美丽长发，让人倾心。一个个苞谷傍着高大的苞谷秆，老农们说那是苞谷秆背上了娃娃。在苞谷秆背上了娃娃的时候，山里的野兽便会趁黑去偷吃。于是，村民们便搬上一个长长的条凳，拿上盛粮用的升子，来到苞谷地边，将升子倒扣在长凳上，使劲地推过去拖过来，于是升子便摩擦着长凳发出一种悠长并刺耳的怪叫，在黑夜里传得很远很远，那些偷吃嫩苞谷的野兽们于是吓得四处躲藏，乡下的孩子们便伴着这种罕见的怪叫声在酷热中入睡。

苞谷虽然在乡下慢慢远离了餐桌，让人能记起的只有些许逸事，但是苞谷仍然是天下粮仓的中坚。苞谷仍旧是那么直道，虽然备受冷落，但没人敢漠视它的存在。

当苞谷偶尔以啤酒、糖浆的面目出现并大受追捧时，或许苞谷还在一边窃笑：人，不过如此！

秋天的蓑衣草

秋天来了，坡上的蓑衣草开出了丑陋的花。

蓑衣草开出的花基本上不能叫花，微黄微白的夹杂着点青色，在长长的茎尖上露出一丁点，反倒让蓑衣草更加斑驳难看。虽然蓑衣草只是一种细细长长的杂草，但由于"青箬笠，绿蓑衣，斜风细雨不须归""孤舟蓑笠翁，独钓寒江雪"等几向诗句，倒让蓑衣草名人典籍而不朽了。

儿时夏末，小伙伴几个总要每天上山放牛，还要背上背篼去割蓑衣草。当时不知道它还有这么一个雅致而有诗意的名字，农村人都叫它"蓑"。割蓑挺有讲究，看到坡上那一丛一丛茂盛的蓑，过去一只手把散蓬蓬的蓑挽成一把，另一只手把镰刀伸过去使劲一割，然后放下刀，两只手把一大把蓑草顺手扭几个圈，再打个结，便完成了一把蓑的收割。孩子们多了，找蓑便成了一件需要眼疾手快的技术活，发现了一绺一绺的细细长草，大伙便一窝蜂地冲过去，蓑衣草显然成为大家眼中的宝。

割回的蓑衣草都随手丢在墙角干燥处晾晒，到了冬天的时候，墙角的蓑衣草便堆成了一个小山。农闲了，家家户户便开始打绳索、编蓑衣。打绳索是经常要孩子们参与的一个农活。大人们先把蓑搓成一段细绳，拴在镰刀一端，然后小孩子就拿着镰刀把不停地旋转，大人们则一手抓住绳子的另一端，一绺绺的往旋转着的绳子上添加蓑草，随着蓑草越加越多，绳子也就越来越长。这个时候，小孩子们的手臂早已累得酸痛无力了。当绳子有十多米长的时候，大人们把长长的绳子从中对折过来，小孩在另一端不停地翻动绳子，大人们便使劲地把对折的绳子再紧紧地缠压在一起，这样，绳子又结实又粗壮，能承受几百斤上千斤的重量。如果要让绳子能承受更重的重量，那还得把绳子对折后使劲再缠几次。

打绳索比较简单易学，编背带就要难一些了。编背带要先搓一段绳子拴在柱子上，然后把绳子分成三股，互相不停地编织，想编多长就编多长。如果要背带宽一些，还得多编几股。这与女孩子扎麻花辫子一样。用蓑草编织的背带经磨耐用，如果系在背架子上，可以背三五百斤，而且还不勒肩膀。后来，不少年轻的农家汉子图方便，便找编织口袋对折成细条，再用针线扎成背带，但不经牢。也有把机器上用的宽皮带划成细条来做背带的，经牢结实，但没有蓑打的舒服。

编蓑衣我就没有见过了。只是看到有几个老农家有，披在背上松软暖和，能遮风挡雨。如果再戴上斗笠，完全像一个行走在乡村的侠客。

蓑草除了能编织一些物件外，如果问还有什么用处的话，那便是青嫩的蓑衣草还是牛儿们的美食。在蓑衣草还没有成熟的时候，看着青青的一簇，放牛的正想着秋后这一定是一段好绳子，可就在人们不在意的时候，身边的老牛便敏捷地一舌头卷过去，转眼那一丛蓑衣草便只剩下一截短短的根了，让人心痛半天。

转眼几十年过去了，蓑衣草在乡间已经无人在乎了，谁也不会再用蓑衣草编织农具了。但在山坡上，时时还能看到一堵一堵的蓑衣草覆盖的危岩，茂盛的蓑衣草挂在岩石上，仿佛一幅古朴的乡村壁画，记录着逝去的乡村岁月。

秋日狗尾草

秋日来临，隐居山野的狗尾草那硕大无朋的头颅越发灰白，瘦弱纤细的颈背也一再弯曲，在生命的又一个轮回中，它一路阅尽红尘之中的风花雪月和炎凉世态，然后停留在深秋独自沉思……

狗尾草是乡下唯一头脑发达的野草。进入夏天，单薄的狗尾草只挂三五片细细的叶子，挤在芸芸丛生的同类间使劲伸长脖子向外张望，它顾不上自己的色彩，也顾不上自己的身材，只一个劲地把脖子伸展。到了夏末的时候，狗尾草终于成为同类中个头最高的了，细细的脖子伸得老长老长，毛茸茸的脑袋也不修边幅，胡子把茬的，鹤立鸡群地四处张望。

夏天的狗尾草英姿勃发，绿油油的脑袋光彩照人。微风吹拂，狗尾草玉树临风、衣袂翩翩，成为怀春男女的最爱。于是，在一个个凉爽的傍晚，路过的男子总要轻轻抽下几根狗尾草，扎成一个毛茸茸的草戒，戴在身边女孩的中指上。有的还把狗尾草扎成温暖的项链，挂在女孩的胸前。于是，一个个乡土版的恋爱细节便在狗尾草的成全下，牵挂出一段美好的恋情。

或许是狗尾草太低贱，乡间的爱情往往经不起世俗的折腾，总是时常变卦，狗尾草编织的信物无论如何都敌不过真金白银的对抗。因而狗尾草不得不一次又一次地忍受被抛弃的痛苦，狗尾草戒也不得不一次又一次地变成鸡毛掸下的一撮最难打整的垃圾。如此反复，狗尾草便在世俗的乡间历练得日益豁达淡定。

深秋过后，狗尾草已成为不断老去的长者，沉重的头颅在晨钟暮鼓中挂着一层细细密密的露珠，在朝夕霞光的映照下，它静默如禅，成为乡间一道难解的谜。

狗尾草在乡间无声无息地传宗接代，聚族而居，偶尔在风或者路人、动物的携带下远离家园，但在又一次落地后仍继续生长。又在一个无人在意的深秋，它又站在一边独自埋头思考。

对于狗尾草，不必追问它在思考什么，也不必苛求它思考出什么，对于如此平凡的草根后代，只要它有一个思考的姿态就已经足够。

小小的狗尾草，在乡间山坡上顶着大大的脑袋，一到深秋便超然物外地思考着自己的爱情、生命，无疑是灯红酒绿中饮食男女的一个绝好参照。

鬼魅花灯

提起花灯，我便想起黑狗。

20 世纪 80 年代中期，我在村里上小学。每天早晚，都要背上书包走一个小时的山路到一个叫青龙宫的地方读书。那个地方早年是个庙，后来改建成了学校。记得刚入学时，那个庙还有几间破旧的立木房子，没多久便新修成砖木结构的一长排平房，全村远近两百多名学生都在这里上学。

我们家对面的深沟叫李家湾。李家湾有两个"狗"，一个叫黑狗，一个叫幺狗。黑狗与幺狗是两兄弟，黑狗是幺狗的哥哥。幺狗与我同班。每天放学，幺狗便与我们同路，转过一个山湾，我们两个地方的同学便分手各自回家。黑狗长得高大，打架也特别凶，我们这一路的同学都在他的保护之下，所以别村的同学都不敢来欺侮我们这条路上的同学。

教室外是一长溜平地，晴天让几百双光脚板踩得平平的，到了雨天，又让几百双光脚板踏成了泥浆。平地外面是一排榆树和桉树，再外面是一个坎，坎下便是村民们行走的大路。平时课后没有事做，同学们便爬到教室后山坡的石头上晒太阳。特别是夏天的下午，阳光把石头晒得发烫，躺在上面舒服极了。实在没有事做，便几个同学四下藏猫猫。先蒙住一个同学的眼睛，其他几个同学四下躲藏，等裁判说

174

声好，便放开蒙眼的同学，让他四处寻找。结果藏来藏去，把藏在草丛中的野鸡、兔子惊得四下逃窜。虽然玩乐的内容是如此简单，但大家都玩得十分开心，不到天黑不回家。

但最让我们开心的是，学校有天晚上竟然要演灯戏。因为邻近的村子没有太大的晒坝，便到学校的操场上演出，同时学校又是周围几个村的中心点，四下群众过来看也方便。

听说学校要演灯戏，放学后大家都飞一般地跑回家告诉家人，催着早点煮饭吃了到校看演出。对灯戏我也不了解，心想一定是非常精彩的演出。等我吃了饭与村里的邻居一同到学校后，操场上已经黑压压地站满了村民，我们小小的个子，根本钻不进人墙，只得四处跑，在人墙外使劲跳。

实在钻不进去，便离得远远地张望。不少同学爬上了树，在上面等候演出开始，可是我不会爬树，只得爬上教室的窗台张望。在层层叠叠的人群中间，空出了一块空地，空地四周各立着一个固定在木棒上的纸糊方灯罩，里面点着灯，朦朦胧胧的。空地前面一张桌子上供奉着一个类似灵牌样的纸糊物件，前面还供着水果和肉。在演出前，首先要到牌位前敬神。大家都看着这一套一套的仪式继续，我们觉得没有什么看头，便下来跑到一边玩耍。

演出还没有开始，也不知道会演什么，我们都各自四下玩耍。突然，只听"呼"的一声，一盏灯熄了，随即有人粗野地大吼："是谁？抓住他！逮到！"听到这样的叫声，我们都围过去张望，觉得这才是最精彩的一幕，可是人墙更紧了。原来是演出迟迟没有开始，有人便捡起石头打破了一盏灯。演出团的人在四处抓捕作恶者，大家都希望早点捉到这个惹是生非的人，看看到底是谁。很快，有人说："抓到了！抓到了！"随后一个长头发的小伙子被反扭着手押进人群，原来抓到的是黑狗，谁知道他为什么要用石头打这盏要命的灯。黑狗被带到牌位前面，要他跪下道歉，可是黑狗坚决不从，而且坚持说不是自己打的。对方却死死抓住他不松手，后来李家湾的群众看到演出队如此对待一个小孩子，都吼起来，趁着这个机会，黑狗猛地瞅准一个人缝，跑了出去，再也没有谁去追他了，可是演出队的一个声音说："那东西不出一百天，必死无疑！"

后来灯戏终于开演，但我已经没有心思看演出了。心想，打个灯也不至于要咒他死吧，太狠毒了！我突然感觉到害怕，这样的演出总觉得恐怖，更何况灯罩里的光昏黄暗淡，演员脸上抹得五颜六色，花花绿绿的，更增添了恐怖的色彩。

那夜过后，我便一直关注起黑狗的命运。终于有一天，我听到村里人传说黑狗疯了，漫山遍野地跑。再后来，说黑狗在自家的床上吊死了。黑狗的家就在我家对面山坡的那边，我想象不出山那边黑狗的死相。黑狗的死离那个致命的诅咒正好一百天。

从此，我对灯戏有一种异样的感觉，同样也再没有看过第二回演出。多年后的腊月间，我回到老家。家里杀年猪，请了一个屠夫，过来一看，竟是幺狗。当年与我一样穿得破破烂烂上学放学的幺狗已经长得胖墩墩的，完全一个标准的杀猪匠了。我没有问及黑狗的事，大过年的，谁会提那些不幸的事呢。

灯戏是祈福求祥的一种民间艺术，可是，黑狗的样子总是在提起灯戏时又浮现在我眼前。

儿时过年

"红萝卜，蜜蜜甜，看见看见要过年，儿子想吃肉，老子莫得钱。"提起过年，便想起乡下孩提时的儿歌。每到腊月快结尾的时候，村里的孩子们便在大路上排成一队，举着竹枝边走边唱，喊得特别带劲，仿佛已经吃到了肉。

乡下过年，很有章法。从腊月二十三开始，村里的姑嫂们便按部就班着手准备过年。腊月二十三要祭灶神。当天晚上，每家每户都要在灶台上点起油灯，用盘子摆上煮好的肉和水果，烧纸点香，祭拜灶神，这也是恭送灶神上天汇报工作。姑嫂们一边烧纸，一边还念念有词，请求灶神上天给玉皇大帝汇报工作时多说点好话，争取来年玉皇大帝保佑全家幸福安康。这些日子，家家户户也开始打扫房前屋后，还要扎起一根长长的扫帚，把房脊上的烟灰彻头彻尾地打扫干净，这叫"打扬尘"。这都是当家男人做的事，半天下来，当家的满头满脸全是黑灰，好像刚从矿井出来的矿工。扬尘打后，家庭主妇就要把全家的锅盘碗盏全部搬到屋外的院坝里，全面地清洗一遍，然后把水晾干，再收进碗柜。这些工作完成后，才开始推糯米、杀猪、上坟，或者再到十多里外的集市上买点年货。这期间，傩傩也开始走村串户地送财来了，家家户户都得准备点零钱打发打发。一切准备停当，就到三十夜了。

三十夜也就是除夕夜。这天下午，家家户户都要在去世的长辈亲人的坟上烧纸，让他们也一同过年。晚上要做的事很多。第一件要紧的就是再在灶台上烧香点灯，摆肉供奉，接灶神下凡。灶神千里迢迢地去给玉皇大帝汇报工作，辛苦了，主妇们便又隆重地接他回来。这个灯要点到天亮，如果中途熄了，那一定不是个好兆头。主妇们总是倒上满满一碗油，用灯芯草做成焰子放在碗中间，把油灯点得亮亮的。主妇们做这些事的时候，全家都围在堂屋中生的火堆边，开始守岁。守岁是必不可少的，全家不论大小，都要坐在一起烤火闲聊。后来有些人家则把这个活动演变成一年一度的家庭会，让每个人总结一下全年的工作再展望一下第二天开始的新年的工作。当然有些家庭这个工作准备得不充分，结果让这个总结会成了批斗会，一家人不欢而散。再后来，这个活动被淘汰了，全家大大小小挤在电视机前看春晚，远没有烤火舒服。守岁往往要守到凌晨。父亲写手好字，我们一家在烤火的时候，邻居们都要拿上红纸过来，让父亲写春联，正房、环房、堂屋、转角……算下来，每家要写五六副。几家写下来，已经到凌晨了。这时，门外已经噼噼啪啪地响起了鞭炮声，村民们准时在零时燃放鞭炮，冲走晦气，迎来喜气。在守岁的时候，父母们总要告诫孩子们，明天一定要早起，而且要一齐起床，如果起床不一，来年麦子出穗就参差不齐，同时还要让孩子们不要说"死""没气"等话，不然，新年就不能开个好头。

　　正月初一一早，全家都按时早起。然而在大家起床之前，家里的男子都早早地到井里担回"金银水"。正月初一担回的井水叫"金银水"，全村要比谁起得早，谁担上了第一担水，谁家来年就一定能多存点钱。新年的脏水还不能倒出家门，那样财就全倒出去了，脏水要积在家里，过几天才倒出去。正月初一也不能动刀，全家要吃的菜在头天晚上都需准备好，第二天只蒸一下，就热腾腾的了，这叫年年有余。一家吃完头天准备好的饭菜后，小孩子们便等着换上崭新的衣裳、鞋子。那个时候，各家各户都穷，新衣服一年只有一套，而且只能是正月初一早上才能穿。穿上新衣裳，孩子们便在村子四下窜了，看傩傩，荡秋千，或者跟上大人上山朝庙。正月初一这天，孩子们可以放心大胆地玩，不用担心挨打，因为这天大人们是不会打小孩的。

初二中午，山路上就出现了一对一对回娘家的小两口，还有在媒婆安排下约定见面的男男女女。早些年，村上还要请戏班子来唱大戏。初三初四，村上保管室门前的坝子上便挤满了人，呛呛呛呛的响器便拉开了大戏的序幕。

过年十五天，每天还是一种家禽的节日，一鸡二犬、三猪四羊、五牛六马、七人八蚕、九龙十虎……初几是哪种动物过年，主人家都要给它们准备好吃的。正月初一是大年，正月十五是小年。小年一过，年就被老鹰叼走了，村里的男女老少又开始新一年的忙活了。

鸭客：远去的拾穗者

鸭客是乡间最勤快的拾穗者。

九十月间，乡下的水田全染上了金黄色，一串串沉重的稻穗把腰身弯得很低很低，仿佛是在最后回望生养它的土地。在初秋的阳光下，赤脚光膀的庄稼汉们便来到田里，女人们割谷，男子们便使出浑身的力气，把一束束谷把重重地摔在拌桶内壁，于是谷粒便纷纷落进拌桶。三五天后，田坝里的秧田全空荡荡的，只剩下一行一行的谷茬头和一排一排晾晒在旱田里或者田埂上的稻谷草。

每当庄稼人把稻田收拾完毕之后，村外的鸭客们便上路了。为了在农闲时能多挣点钱养家糊口，那些鸭客们便早早地修葺鸭棚子。那简陋的鸭棚子其实也就是一个山寨版的帐篷。用木条和竹篾编织两个弧形的篷，一大一小重叠在一起，下面再钉个木架子，上面铺上床栅篾。晚上睡觉的时候，把那个稍小一点的篷一拉，于是两个篷便连成一起，里面宽敞暖和。在修鸭棚的同时，鸭客们要么在自家孵小鸭，或者在集市上买小鸭。等那些小鸭能独自行走时，便是鸭客们准备起程的时辰。

鸭客们一般是一个人出门，有时也会是两个人。鸭客们把鸭棚子收起来，将鸭棚子拴在扁担这头，将锅锅碗碗和米面盐油拴在扁担那头，然后挂着一根长长的竹竿，赶着鸭子们便走村串社了。

收割后的稻田里落下了不少稻谷，那些小小的谷粒没有人拾掇得起来，来年还长出嫩绿的秧苗，那便成了难以割除杂草。于是聪明的鸭客们便把一群摇摇摆摆的鸭子赶进田里，那些欢快的鸭子们便把头探进秧田，寻找着一粒粒的谷子和田间的昆虫，全部吞进自己的腹中。等鸭子们一路欢唱着搜索过去，水田浑浊一片。有些鸭子们胆子大些，偷偷爬上田埂去吃地里的青菜，鸭客便大吼一声，然后用竹竿前端绑着的一个小瓢从田里舀起一团稀泥，扬手打过去，那些鸭子们便吓得赶忙回到田里。

鸭客们赶着鸭群一块一块地搜寻稻田。到了晚上的时候，鸭客便在一块旱地把鸭圈围起来，里面撒上苞谷，那些贪吃的鸭子们便一拥而入，等这些蜂拥而进的鸭子们全进了圈，鸭客们把圈门一关，然后自己开始生火煮饭。

鸭客们出来一般不带灶，只带碗筷。在田坝里找来三四块石头往锅下一放，一个锅锅窑便做成了。然后从坡上拣些干柴，点上火，便开始煮稀饭或者下面了。鸭客们出来的时候，也正是苞谷成熟的时候，不少鸭客也随手在路边掰下几个苞谷棒子，用山里的泉水煮出来，味道鲜极了。下午放学回来，远远地看到田坝鸭棚子边冒起了灰白的炊烟，我们就知道是鸭客在准备晚饭了，便站在路边齐声大喊："鸭儿客，鸭儿客，脸和沟子黢么黑！"那些鸭客听到我们的喊声，大都不理会，有的则站起来，拿起竹竿做出要打的样子，于是大伙便一窝蜂地跑了。等到发现鸭客没有追上来，几个又回头过去再喊，后来鸭客再也不理睬大家了，于是大家才毫无乐趣地离开。

每天一早，鸭客们便早早起床，放出鸭子，把鸭子赶到另一块田里。这时，鸭圈里便会留下一个个淡蓝色的鸭蛋。村里有人生病了，便会拿上钱到鸭客那里去买几个鸭蛋过来。有的还给鸭客送点盐油盘缠。

鸭客在一个村子一般要待三五天，也就是说，他的鸭群要三五天才能把全村的水田跑遍。等跑过了十多个村子，刚出发还是毛茸茸那些小鸭子们已经长得肥肥胖胖的了。鸭客们一般不会再把鸭子赶上回去，到了那些乡镇上，鸭客便会收起鸭棚，把那些鸭子的脚绑起来，卖到镇上的饭店或者商贩，自己则装上厚厚一叠现钞回家了。这样一个多月下来，鸭客便算是完成了一趟赶鸭任务。

这还是算顺利的。如果运气不好，鸭子便会在某个夜晚突然死去一只或者几只。最怕遇上瘟症，三五天那些鸭子会全部死光，而且路过村子的鸡猪都会受到牵连。这个时候，鸭客们只有悄悄把鸭子埋进深土或者把鸭子杀了，再偷偷到村里打听周围哪里有兽医。如果幸运，他还能躲过一劫，不然，这一季肯定又会亏得血本无归。

鸭客们都有自己的规矩，他们只在田边搭棚，在村外生火煮饭，从不进村与人搭话，每天早晚他都与鸭群为伴。只要他的鸭群把村里的稻田全部打上烙印后，他便收拾行囊，向下一个村子前行。

所以，鸭客的到来是不经意的，鸭客的离开也是不经意的。有时也只能凭借路上不少鸭粪或者田边不少三叉形的脚印猜测鸭客已经来过。

然而，鸭客光顾的乡村已经人去楼空了，田野里再没有多少稻田了，全是留守的村民们草草种上的旱粮。没有丢失的稻子，没有稻田，鸭客自然也无处可去了。当然，那些鸭客们再也不愿意担个鸭棚子到处风餐露宿了，他们早已换上干净的衣裳，到南方或者北方的工厂，在流水线上当起了工人。每月那一小叠钞票远比在乡下拣起的鸭蛋更亲切。

然而，我相信，工厂里冰冷的钞票绝不会有鸭蛋的余温，也更没有鸭蛋般细腻温润。

现在，远远的鸭客再也不会到乡下来拾掇那些散落的谷穗了，这正如我们一样，已经很少有人去捡拾那些远去的乡村记忆了。

乡村影院

儿时在乡下，没有什么能比看上一场电影和一会儿电视更快乐的了。

对于看戏，那些穿红戴绿、搽脂抹粉、慢条斯理演唱的假面舞会，儿童们都不喜欢看。儿童们喜欢看的是那些炮火连天、场面激烈的战争或者武打片，对于动画片，由于当年非常少，所以就谈不上喜欢不喜欢了。

乡村的影院基本上是露天的。农村的晒场就是最好的电影院。记得儿时，只要听说周围哪面山上要放电影，便会早早回家吃饭，然后打上火把一大路人过去观看。虽然天黑路险，但什么也阻挡不了看电影的热情。火把是用柏树皮做的，把干燥的柏树皮捆成一根一米来长的火把，上路前，便把一端点燃，这种火把一般都没有火苗。在路上，一边看路行走，一边用手甩动着火把，那个燃烧的一端就在风声中一闪一闪的，趁着亮起的火光，赶忙看一下脚下的路走几步，然后下一个甩动又过来了，又看一眼路面然后再走。走几里山路，火把也燃不了多大一截。到了放电影的晒坝后，便把火把踩熄，拿来垫放在晒坝的石板上垫股屁。

如果家里富点，就砍截竹子，往里面倒上煤油，然后找来一团棉花，把装满煤油的竹筒塞上，再把竹筒倒置一会儿，煤油便浸透了棉花，柴火一点，火苗有几厘米长，照起来透亮。

用柏树皮做火把，要事先有准备，家里要有晒干的树才行。用煤油做油筒，要家里有钱才行，一般人家舍不得浪费煤油。至于手电或者马灯，那基本是不敢奢望的。不能因为没有灯就不看电影啊，咋办？每年秋天，田里的水稻收割了，各家各户都要把稻谷草晾晒在田边，或者垒成草垛。抱起一捆稻谷草，点起就走，等三五把稻谷草燃完，也就到了放电影的地方。即使中途燃完了也不怕，田边到处都有晒干的稻谷草。

儿时翻山越岭看的电影真还不少。以前在电影开始前，都要放一个新闻简报，里面没有打仗，所以不好看。新闻简报一结束，只要看到银幕上出现一个红五角星在不停地发出光芒，心里就万分激动，因为只要出现八一电影制片厂这个片头就知道是个战争故事片。有时也根据电影的名字来推断是个什么类型的电影。由于乡下没有电，放电影都要用发电机，孩子们叫发电机为"锅炉"。然而锅炉又经常出故障。往往放一会儿，突然锅炉的声音慢慢不正常了，时大时小，好像在痛苦地叫唤。这时，基本上所有的社员们都要吆喝一声："完了，又要扯拐了。"于是，放映员的助手就飞跑过去查看或者加油，往往锅炉还是奄奄一息直至没有声响。如果幸运，三五分钟能够修好，不然则只能第二天晚上重新放映。

有好多次我们看到中途锅炉就熄火了，等了大半天还是没有动静，于是三三两两地回了家，心里满是失落。有一次我们都快到家了，远远地听到锅炉又响起来了，于是惊喜地大叫："锅炉修好了，又要放了！"可是大伙说："难得回去了，也不好看。"我也认为《一双绣花鞋》，光听名字就像个唱戏的电影，于是没有再回去。第二天一早，便打听片子好看不好看，结果人家才说是个谍战片，好看极了。我心里还十分郁闷，这个名字咋会是个战争片呢？《长空比翼》《老枪》，这些一听就知道是个战争片，好看！可是，我至今都没有看到过《长空比翼》这个电影，只听说是空战片。

为了不再错过好电影，每次我都坚持到底，即使是锅炉坏了，也要等到放映员说不行了才回家。有一次等得太晚了，竟不小心睡着了，电影放完人都散得差不多了，有人用脚踢醒我，我才发现黑黑的晒坝里没几个人了。于是赶忙顺着回家的路跑，超过一个个打着火把的社员，直到发现有本村的了，才跟着一起回家。

看电影非常难得，一般是人家有喜事才放，一年也看不上几回。大概是到了 20 世纪 90 年代初，村上有了电，村里的新鲜物件才多了起来。什么电动机、电风扇便率先进入了农村。最关键的是，还有电视机。

我们那个小山沟最早买电视机的在河对面的李家湾。每天晚饭后，我们几个便约上过去看电视。那是个十八英寸的黑白电视机，主人家为了方便乡邻们观看，便把电视搬到院坝里的桌子上，大家都围坐在一起，看得津津有味。虽然屏幕没有电影大，但是电影也不像电视天天有。

后来在山那边读初中了，学校也没有什么文化生活。唯一让大家欢欣鼓舞的就是下晚自习后，学校搬出唯一的一台电视机让全校学生看几集连续剧。那时最精彩的是《海灯法师》《再向虎山行》等，于是在同学中间便兴起了一股武术热。一下课，大家都跑到教室外的草地上练鲤鱼打挺、连环腿、扫腿，那些能模仿成功的同学便成了大家的偶像。

短短十多年，电视不仅遍布城乡，而且频道也越来越多。但最为奇怪的是，电视居然没有多少人看了。如果要让一个人坐在电视机前看上一整天，那肯定比坐牢还难受。我家的电视也只是吃饭的时候顺便开一下。当然失宠的也不只是电视，还有更多曾经梦寐以求的东西。

几十年后，能静下来细数一下曾经的梦想，寻找一下当年的故事，其实也是非常难得的。因为，我们的精神家园亦日渐荒芜。

老　井

　　在乡下，井可以说是生命之源。

　　老家在川北纵横交错的深山老林中。在我出生后的那些年，由于乱砍滥伐，山上基本没有什么高大的柏树了，全是些低矮的灌木和单薄的乔木。只有我家屋团转的竹林里长着几棵粗大的柏树，最大的那棵要七八个大人张开双手才合抱得住。山上的树少了，自然就留不住水。没有水，村民们的日子便朝不保夕。于是，祖辈们便经常在深山间四处搬移，寻找有水源的地方掘井聚族而居。

　　我老家那个村在两面大山的夹沟里，村前村后都是望不过去的草坡，山的西面两山相连处是一座叫仙人岭的高高山岭，山的东边顺沟而下，则是另一个走向的更深的山沟。大山挡住了西边和北边常来的寒风，所以我们老家那个地方人气很旺，只上下两层山坪，上面岩和下面岩，就聚居了五十多户同宗的人家。

　　我们那个山沟留得住村民，主要还是有两口水井。全村上下虽然只有两口，但水井从没现过底。我家就在下面岩一个叫染房头的地方，居说我们祖上曾经开过染房。一个大家庭住在一套四合院子里，四面八方都住着同一个祖辈的子孙。我们时常叫的大爷、二爷、么爷和他们的父辈都住在一起，爷字辈按年龄大小依次称呼过来，祖祖辈在我懂事时，只剩两个了，大人们也没有叫我们如何区别，统一称呼为祖祖，只有在给人家说明时才加上些男祖祖、女祖祖这类定语。

自从我记事时，祖祖辈们都不挑水了，都是爷爷爸爸辈的事。下面岩头的那口水井离我家不到半袋烟的距离，小时候我们经常跟上母亲过去淘菜。那井水在夏秋两季都快齐井沿了，到冬天和初春的时候，才可以看到深深的井壁。几个小伙伴经常小心地站在井沿上，向里面的人头喊话，听里面传出的嗡嗡回音。有特别调皮的，还偷偷向里面吐一点口水，看水井的人影转眼破碎的样子，但只要同伴一告密，那回家准会挨一顿打，于是没有孩子敢再向水井里面吐口水扔东西。井口外全铺的是厚厚的石板，天天都被水冲得干干净净。水井边还有一口大石缸，母亲在一边淘菜时，便会把我放进石缸里玩耍。那时我就已经发现石缸的每面都刻着字，后来我才认得那些字中有"大清光绪"等字样，那字刻得非常有力，笔画精当，一看就知道不是出自凡夫俗子之手。村民们还时常在水缸的石沿上磨刀，石缸的四面石板上便留下了一个接一个半月形的光滑弯槽。

村里的男孩子到了十多岁便可以挑水了，挑起水在山路上晃晃悠悠地，细细的扁担把肩膀压得生痛，但只要坚持几天不间断，肩膀便不会痛了。把桶放到井里打水还是个技术活，如果不小心，木桶就会从扁担钩上掉下来，半斜在水面上，要费不少神才重新挂得上。但如果是铁桶或者是用铁丝箍的木桶，一眨眼就会沉到井底，那麻烦就大了，还得四处找来长长的竹竿，在前面绑一个铁丝钩在井底慢慢探。经过多次摸索，我终于掌握了在水井里打水的技巧。只要桶底一接触到井里的水面，便迅速把扁担一拖一压一提，然后就打上了半桶水，水桶还紧紧地挂在扁担钩上。这时再把水桶向下一沉，于是水便灌满了。如果动作稍有迟钝，那水桶便定然会脱落。后来，我到山那边上中学，那口井太深了，每次过去都只能看到个井底，没有那么长的扁担，只得用软软的绳子打水。我也采用老家打水的办法，把水桶放到水面后，猛地把拴着塑料桶的长绳向旁边一提一拖，于是那个水桶便稳稳当当地倒扣进井水了。

　　水井养育着全村几百号人，不管天晴下雨，家里的男人们都要到井里挑水做饭。农忙的时候，每天天不亮或者深夜，门前的路上便会传来扁担水钩与铁桶木桶摩擦的咕吱咕吱的声音。挑水的路再远，一般都不会在半路歇一下，因为山路不平，一般不容易找到合适的平地，一歇下来，就会倒出不少水，所以挑水时一般都是在小跑，一口气挑回家再慢慢歇。挑水时身体还要随扁担起伏就势摆动，不然，水桶的水挑回家就会荡得没多少了。特别是在每年除夕的深夜和正月初一的早上，路上便会不断地传来行人来回的声音，正月初一的井水叫"金银水"，谁抢到了全村的第一担，谁家来年就会收入更多。我二爸每年除夕都第一个去抢"金银水"，在人家都还在围着火堆守岁时，他就已经看准手表，在正月初一的凌晨去挑水了。我爹从不去抢"金银水"，他说那是假的。

　　全村上下只有那两口水井，虽然从不断绝，但也显得十分金贵。到了天旱的年景，水井里一天到晚只有一个底，水井边便会摆满一长排水桶，大家只有依先后顺序等。到了后面，实在打不上来了，便把扁担钩挂在井沿上，然后钻进水井，踩着井壁高下不一的石块，前后支撑着一步一步爬下井底，舀满一担水后，再小心地爬上来提出水桶担起回家。

　　近些年，幺爸一家都外出打工去了。婆婆便独自守着一大套房子，哪里都不去，城里的姑姑三番五次来接她，她都不愿意到城里来。有一回，我听老家人说，去年天旱时，婆婆居然还能自己下到井里舀水。婆婆都八十三岁了，咋能在那么深的水井里上上下下呢？姑姑听说后，给她安了一个小水泵，让她在家就可以从井里抽水到屋里的水缸。

现在我回老家的次数越来越少，听说老家都用上了自来水，家家户户只要一开水龙头，水就哗哗地流了出来，但再也不会有当年大家一起坐在井边等水讲笑话的热闹场面了。村里的青年全都到广东、新疆打工去了，也把孩子带了过去读书，老家只留下婆婆这些固守家园的老人们。水井边石板缝里已经长出了杂草，再没有人经常来打整，仿佛是井口长出的胡须，和乡下的老人们一样，日复一日，在沉寂的深山里更加苍老。

端午：渐行渐远的乡愁

要寻找关于端午的记忆，真还得细细想想。儿时家穷，过节也不讲究，春节都是草草敷衍，端午就更不消说了。不过，也并不是完全没有印象。

乡下人管端午叫端阳，五月初五过端阳，要过两遍，五月初五叫小端阳，五月十五叫大端阳。农历五月，麦子早收了，端阳节要用新面蒸馍馍。讲究的人家在端阳节那天一早，便到房前屋后的椿阳树上摘下大片的叶子，洗净晾干铺进蒸笼。然后，把用新面揉好的面团搓成粗粗的一长条，用刀切成一块一块。接下来便做馍，双手拿起一块面，捏住面块有刀痕的两侧，迅速向相反方向一扭一捏，又放在面板上旋转着搓几下，再把成形的生馍馍放在蒸笼里的椿阳叶上。棕黑的蒸笼上铺着绿油油的椿阳叶，椿阳叶上是整齐摆布的白色的生馍馍，孩子们一看喉舌就禁不住地蠕动了。大人们端起放满生馍的蒸笼，放在沸水滚滚的大铁锅上，不出两袋烟的工夫，便满屋喷香了。邻居谁家要蒸馍，我们都会早早地过去等，围在灶台旁的几个小孩总是第一批吃到新面馍馍的人。

端阳节蒸馍还必须得蒸一个面斑鸠。用面做成一个斑鸠的模样，然后找来两颗黑黢黢的花椒仁，安在斑鸠的头部两边，这是它的眼睛，于是这只面捏的斑鸠就神气活现了。出笼后的斑鸠还不能吃，要

191

先放在盘子里，在灶台上放上个把钟头，先敬灶神。斑鸠在灶台上敬着时，几个小孩便在灶台周围打旋旋，看着盘子不停咽口水，不时问"神敬完了没"，大人看到孩子们的馋样，也就早早地端了过来，我们几个小孩便在大人的主持下瓜分了斑鸠。我在几个孩子中最小，有几次还分得了整个斑鸠，但一直舍不得在当天吃，总要在衣兜里放几天，在上课时偷偷地掰几块下来细嚼，从没被发现过。

我家很少蒸馍。每年端午，大爸二爸全家都聚到婆婆家，一起蒸馍，我们小孩子便会有特别的优待，会专门为我们小孩蒸几个肉馅包子。婆婆还准备好了雄黄酒，给每个小孩子额头上搽一点。下午到学校，也会发现不少同学额头都有一个黄黄的印记。我们不知道为什么端阳节要吃馍要搽雄黄酒，后来才从书上得知是为了纪念一个古代投水的诗人。其时对于这个诗人我们都不关心，都念叨着哪家要蒸有肉的包子，总想去讨上一个。

端阳节是乡下的情人节。每到端阳的前一天，山村的小路上便会出现不少穿戴一新的青年男女。他们提的行李中总有事先蒸好的馍，他们要么是去提亲，要么是去见未来的新娘子。待字闺中的大姑娘早早戴上浓香扑面的栀子花，在院坝里洗洗刷刷，眼角不时瞟瞟对面山坡下来的是不是梦中的那个人。当说媒的"红爷"走上院坎，她却躲进房里悄悄从门缝向外看。新婚的小夫妻这天也要回娘家，娘家人早为女儿女婿准备了两把厚实的大伞。村里的小夫妻和未婚夫妻一前一后行走在小路上，离得远远的，放学后，伙伴们总要跟在他们屁股后面指指点点："快看哦，他们两个是两口子了！"羞得新媳妇红着脸把头埋得低低的。

乡下的端午就这样，一顿馍就算应付过去了。后来进了城，发现不少居民端午那天都要买回一大把菖蒲或者陈艾挂在门框上，有细心的诗人记录下了这个画面："菖蒲青青，悬于五月之门。"城里人过端午比较讲究，有的人家会自己动手做粽子，用宽大的竹叶或荷叶包好糯米、大枣，用细线绑起来蒸。城里食店和附近村民也会提前做好一批粽子，穿成串在街上早早地叫卖。除此，端阳在我所知晓的民间大体如斯了，也有些地方在端午划龙船抢鸭子，这可以说是官方的端午了吧。

我老家离古城阆中不远，在记忆中也曾举办过一次龙舟赛。端午那天，嘉陵江两岸人山人海，大家都顶着烈日观看江面十多只华丽的龙舟在鼓点声中排浪飞渡。漫山遍野密密麻麻的游人和如画山水，让人不得不记住那难得的视觉盛宴。

关于端午的记忆就如此在岁月中存放经年。然而在两年前，突然看到韩国成功地将"端午祭"注册为非物质文化遗产的消息，让我震惊，虽然有人说"端午节"和"端午祭"是两回事，我们暂不深究，我们的传统佳节漂洋过海，并如此被外国人青睐，这或许也是一种文化共享吧。然而现实中，不少少男少女对圣诞老人的喜爱远远超过对屈原先生的崇敬，对肯德基的流连远远胜过对糯米粽子的期盼。我想，在许多年过后，我们的后代还会不会记起端午？会不会到韩国去过端午？

端午节又快到了，除了吃粽、挂艾，我们还能做点什么？是不是等着我们的后代连端午的回忆都找不着的时候，就顺势将此节遗忘？

唉，端午，一个渐行渐远的话题。

傩 傩

春节前后，乡下的傩傩客便开始走村串户给乡亲们送财了。

傩傩客大多是五六十岁的老汉。每次看到他们时，往往他们已经来到院坝中央了。只听得当当当一阵马锣声响，出门一看，一个头戴脸壳、身着长衫的财神已经在用苍老而悠扬的声音唱开了："马锣响得当当当，傩傩来到院中央。这个院子亮堂堂，儿孙有福美名扬……"

傩傩在村里的说唱非常受欢迎。他们有看到什么便随口说唱什么的本领，句句都是恭贺祝福的话，听得主人家心里乐滋滋的。过年间，听到吉祥如意的话，是再高兴不过的事了。在傩傩唱完一段后，主人家便会拿出一块或两块钱交给傩傩，傩傩随手把纸币塞到在马锣下的掌心，然后又接着唱。结束后，傩傩取下脸壳，说声谢谢，便顺小路去下一家了。小孩子们一路跟在后面，直喊："傩傩来了！傩傩来了！"

傩傩一般是两个人一同出来，各背一把大伞分头走在村道两旁，挨家挨户的送财，村里一家一家地给他们拿钱，一天下来，傩傩能收入上百元。当然，要当一个傩傩客也不是那么容易的。每当傩傩来到大院子里，院里富裕的人家财大气粗，便拿出十元钱，让傩傩给大家唱会傩戏，于是两个傩傩便走到一起共同完成。他们打开带来的箱子，摆出一排脸壳，有喜笑颜开的，有双眉紧锁的，也有面目狰狞的。傩傩一边说唱比画，一边把手中的马锣敲得韵味十足。傩傩每唱一小段后，便换一个脸壳，什么人物的唱段就换什么类型的脸壳。他们时而两个人同时表演，时而一人表演一人伴奏，配合得十分默契。两个人表演的简陋傩戏，大家竟然看得津津有味，毕竟这是当时村里难得的文艺节目之一。

在村里还没有通电的时候，傩傩一来，就要在村里转上几天。只要听到锣声一响，四下的邻居便过来了，端着饭碗的、抱着娃娃的、纳着鞋底的，全过来围成一圈，嘻嘻哈哈地看傩傩表演，还不停地指点说笑，热闹得很。看到那些古怪的脸壳在傩傩头上一晃一晃，仿佛一个个活生生的戏中形象出现在面前。傩傩有时也先演出，后收钱。在演上一段后，傩傩字正腔圆地唱一声："呀喝咿，送财来。"人们知道是要收钱了，于是主动掏出包里的零钱交给傩傩。收到钱后，傩傩敲锣更起劲了。

傩傩在春节期间出来走一圈，没有人会认为是出来挣钱的，一块两块也不算钱。但是，有的人家对傩傩也很反感，只要听到锣声近了，便迅速把门锁上，跑到远处玩，傩傩过来看到关门闭户的，便继续往前走。发现有人在家，傩傩一上台阶，便戴上一个笑嘻嘻的脸壳，无论主人家高不高兴，他都笑呵呵的。如果主人家使点脸色，人家也看不到傩傩是否难堪，傩傩还是不紧不慢地继续唱，有的主人家不耐烦了，便早早地掏出钱让他们走，有的则粗俗地大吼几声，傩傩仍笑呵呵地慢慢转身离开，没有半点怨气。在村里还不太富裕的时候，傩傩常会遇到类似的尴尬。

后来，村里慢慢不愁温饱了，以往正月初一家家串门的习惯也改变了，村民们大都由于春节联欢晚会看得太晚了，在睡懒觉，即使是起来得早的，也是在家看电视重播，路上基本没有行人，春节显得格外冷清。村民们有了电视，便没有人看傩傩了，傩傩出来得更少了。

有不少年轻一点的，连傩傩是个什么都不知道，也没有多少人能演傩戏了，傩傩已经成为濒临灭绝的事物。

虽然没有看到傩傩再走村串户，但不时还能看到陈列的脸壳。一张张丰富的表情凝固在木质的脸壳上，浸透着傩傩曾经的酸甜苦辣，记录着远逝的浓郁民风。岁月如梭，乡村记忆也如一副副脸壳，挂在墙壁上成为一道难以忘怀的永恒风景。

遥远的社戏

多年都没有看到乡下的戏班子演出了。

记得还是在 20 世纪 70 年代末，我上小学的时候，村里唱过三天大戏。正月初二，戏班子浩浩荡荡地进了村，看到一路挎包背箱的陌生人，孩子们都围着跟转转。其实，孩子们最喜欢看的是打仗的电影，对川戏的咿咿呀呀都不感兴趣，但社里一演戏，便有不少商贩摆起一长排小摊，卖些孩子们最喜欢的小东西。

戏班到达后，全社开了一个会，让各家各户的家长与演员见面，然后把演员一一安排到村民家食宿，会议一结束，村民便把演员当稀客般的带了回去。我家也来了一个老汉，我也记不清他姓什么了，村里人都叫他们戏娃子，我看他与常人没什么两样。

大戏是在社上的保管室演出。保管室其实是一个有几十间房子的大礼堂，是当年大集体时的库房。包产到户后，房子空了，社上开会、演出都在里面。第二天早饭过后，演员们登台演出，村民们便聚在台下观看。当我挤进礼堂时，只能看到人们的后背，好不容易从人缝间钻到戏台下仰望，厚厚的幕布还没有拉开。等了半天，一阵锣鼓声后，一个个穿得花花绿绿的古装男女便边唱边走上场了。大人们看得津津有味，孩子们看一会儿就烦了，便溜出来在小摊边蹭着不走，等着能不能遇到亲戚或长辈经过，便可以赖着他们买吃的了。

终于等到上午演出结束，村民们涌出礼堂，小孩子们很快便淹没在欢乐的人群中了。我始终没有等到让长辈买零食的机会，于是只得独自黯然回家。回到家里，那个演员已经过来了。他脸上的油彩还没有卸完，他问我爸要了点菜油抹在脸上，很快，他的花脸就洗净了。我仔细看看，发现他的大花脸比他自己的真脸还好看得多。

唱戏那几天，周围几面山的村民都闻讯赶来了，其中不少是村里的亲戚。大人们见到了好久不见的亲友，都要请回家去喝酒叙旧。过年时有亲戚过来，肯定会有好吃的，所以孩子们更高兴了。其实，更多的青年男女也是趁着这个机会，在亲戚或者亲戚的亲戚的引见下，偷偷看一看介绍的对象。所以，不认真看戏的除了小孩子外，便是这些怀春的男女。

下午戏继续演。这时，礼堂外的孩子更多了，不停地追逐打闹，比在里面看戏有趣多了。晚上也要演出。那时村里没有通电，天一暗下来，戏台上就准备点煤气灯了。煤气灯有个粗粗的圆管，下面是煤气喷嘴和绑着的纱布灯罩。往圆管里面倒入煤油，打足气，打开开关，然后用火柴一点灯罩，喷出的煤气便在灯罩里面呼呼燃烧，发出的炽烈光芒照得戏台如同白昼。煤气灯一挂，锣鼓声又响了起来。晚上，大人们不准孩子出去玩，于是只得同大人一起看戏。小孩子也看不懂是什么，只学得几句戏中的唱腔。不出半个小时，孩子们便在大人的臂弯里睡着了。等到大人们喊"快看，在打仗了"，才从睡梦中睁开眼，听见急促的锣鼓响个不停，就知道战斗非常激烈，强打精神一看，果然有一个背上插着许多旗帜的大将打得不少兵卒东倒西歪，台下于是响起一阵热烈的叫好声。但是战斗很快就结束了，瞌睡又来了。

村里的那次演出我没多少印象，倒是后来在李家湾看的《铡美案》比较新鲜。戏剧情节不记得了，后来在书上看到才知道是一个关于负心男人的戏，最后包公要斩负心郎陈世美的头。我现在还记得，在戏快结束的时候，明晃晃的铡刀抬了出来，案桌后面那个大黑花脸将竹签一甩，大吼一声："开——斩——"只见铡刀直向那个甩着长长头发的脑袋切下去，顿时鲜血四溅，一个人头便落在铡刀一侧。我正想跑上台去看那个人死了没有，可是幕布也开始慢慢收拢了。回家的路上，我一直在想，那个陈世美是不是真的被砍了脑袋？如果每演一场，就落一个人头，哪个又敢演呢？直到现在，我都没有弄清楚那个表演到底是如何完成的。

现在，村里的青壮年全打工走了，不少也举家外出，村子里连春节都少有烟火。当年浓郁的乡村风情早也成为历史，本来不易遇到的社戏再也无处寻找。回想起来，当年草草看川戏的点点滴滴，竟然也成了弥足珍贵的记忆。

何处是故乡

　　我的祖辈们从我听说的"湖广填四川"时一代代传承下来，到了我这一辈，我世袭的除了姓氏之外，应该没有更多别的相同的东西了吧？

　　很小的时候，我时常想，我来自哪里？白胡子的祖祖们都说我们彭姓是来自湖北麻城孝感乡。于是我便趴到墙壁上，在地图上寻找那些叫湖北、麻城、孝感的文字，终于看到了那些标注地名的红色圆圈，顿时肃然起敬，仿佛我就是从那个小圆圈里面一代一代地走出来的。

　　我出生在四川北部一个小山村，于是那个叫彭家的地方便成了我的故乡。我在那个小山村生活了十五年后，便到县城的学校上了三年学，然后又回到我老家对面山下的一个乡村学校教了四年书。这二十多年，我与家乡很接近，几乎每个月都会回几次家。每当我在坎坷的田埂上走过时，栽秧打谷的长辈们劳作时的欢笑便成为我最深刻的一点记忆。

　　村里不断有老人死去，也不断有新媳妇嫁过来，然后就是一个一个长大的孩子。我们那个村庄都姓彭，每一家与另一家都有或亲或疏的血缘关系。村里遇上了红白喜事，全村的族人都要聚在一起，摆起坝坝宴坐席。往往一次聚会，都要坐几轮，各家的家长都要喝得满脸通红才肯下席。为了营造气氛，不论喜事丧事，族人们都要请来吹打，锣鼓唢呐铙钹一起上阵。如果是喜事，做生或者是完男嫁女，欢快的曲调便会让主宾个个笑容满面、酒兴大发。如果是丧事，那哀伤的曲子总是让披麻戴孝的男女泪流不止。但是时过境迁，随着村民们一个一个跑到省外打工，那些擅长吹吹打打的民间乐手也不再操旧业了，于是乡下的吹打慢慢销声匿迹。村里随后兴起了放露天电影和录像。放露天电影要到很远的另一个村子去请电影放映员，还要跋山涉水地背回重重的放影机和发电机，这是一件很麻烦的事。于是再后来，村里有人买回了录像机，摆一台电视就可以放节目了。可是随着电视的普及，录像也没有人愿意看了。但是村里人还在不断死去，新媳妇也还在不断嫁过来，在这些村里的大事中，来客们便兴起了打牌、打麻将。那些打牌的客人受到的礼遇是极高的。夏天要给他们找最凉快的地方，冬天要给他们生火。打牌的都会通宵奋战，于是主人们还要在半夜的时候专门准备酒菜当夜宵，让他们吃了再继续。所以，在乡下，如果不会打牌，是没有人会过多理会你的。

我在自己的老家生活了二十年后，便到更远的一个乡镇教书。基本上一个学期才回家一段时间，但是偶尔还是会遇到几个不认识的人。经家人介绍，才知道是哪家的新媳妇。我一直感到很奇怪，我在不少别的村子，总会发现一些相貌丑陋、身有残疾的人，然而我们村娶回的媳妇总是一个赛过一个的美。即使是那些被长辈们认为最没有出息的青年男女，也都能找个漂亮贤惠婆娘和高大英俊的男客。父辈们常说这是祖上积德行善，儿孙自然享福。我觉得这或许是因为我们那个山坪有山有水，田地平顺，嫁过来的媳妇都不会吃多少苦的原因。

二十五岁以后，我便彻底离开了乡村，慢慢在小城扎下了根。过去每年都要在春节时回一次老家，现在由于有家有小了，细算了一下，已经有五六年没有回过老家了。应该说，只有现在，那个叫彭家的小山村才开始成为我的故乡。这些年，我到过不少别的乡村，看到家家户户倒篱破壁、关门锁户，我想我的故乡也是一样，全村的青壮年族人都外出打工去了，事业有成的儿女们也把父母接进了远远近近的城市，故乡只剩下空洞的老屋和长满野蒿的农田。

在我老家的房屋背后，有几株上千年的古柏，为我家的老屋遮风挡雨，不弃不离，它们才是我故乡的守护者。

我经常想起我的故乡。我也想象着我什么时候再回到故乡的情景。我回到村口，肯定也会像当年在外多年没有回家的其他族人一样，有一大群孩子跟在后面，好奇地张望这个陌生的来客。由于多年没有回到故乡，我竟然有点羞涩得不敢鼓起勇气再谈回老家了。

我的女儿一天天长大，我时常想，她的故乡在哪里呢？她还算是那个叫彭家的小山村的人吗？她在县城里出生，都快上学了，一次也没有回过她父亲的故乡，我的故乡是不是她的故乡呢？那她以后会认为她的故乡在哪里呢？

我有故乡的记忆，还有没有轻易改变的村庄、青山、绿水，甚至我从没在意的祖业。等到我女儿长大，她出生的城市肯定会面目全非，她又到哪里寻找她童年的记忆呢？

我想起了三个词：乡村、城市、坟茔。地上的是乡村，空中的是城市，地下的是坟茔。我们这一辈从地上的乡村一步一步走进空中的城市，等到我们老去后埋进坟茔，我们这才算是回到了故乡。然而，出生并居住在空中高楼的这些后代们，难道他们的故乡会是天堂吗？

对于故乡，有人说我们其实没有物质的故乡，只有精神的故乡。现代人四处奔波，居无定所，故乡只在自己的幽思之中。那些没有精神故乡的灵魂，其实只是个孤魂。是不是这样呢？

我庆幸我还有一个有清晰记忆的故乡，就是川北深山中那个小小的村落，它叫彭家。